蜉蝣直上

小佳 著

陕西新华出版
太白文艺出版社·西安

果麦文化 出品

推荐序一
掷出笑杯作答

贾行家

好单口喜剧演员写得一定好,在纸上,这些诚恳惯了的人更自在,更舒展。

小佳写得好,还是使我大为惊异,也明白了几年来的一个困惑——他对于在这世上活着的那些领悟是如何结成的?我有点儿后悔一拿到试读本就告诉了妻子和女儿,现在得和她俩争抢着传看。

第一次做小佳的观众是五六年前,单立人喜剧在北京举办的大赛上。决赛那晚舞台上的演员里,有几位很快成就了大名,有几位不知还在不在这行,小佳是里面不急不缓的一个。此后我一直是他的观众，先是在《脱口秀大会》上再见，他常被引用的名言是"我们都有病，只是我的比较明显"。然后是他的线下演出、他和海源的巡演，再然后是在全国巡回的专场《反正》，他的发型越来越时髦。他向我们这些北方人普及闽南人日常"每事问"的掷杯笅，一反一正的，是《周处除三害》里陈桂林连掷了九次都得到的"圣杯"，表示神明许可；两个反面则表示神明否决，不宜行事；若掷出了两个正面，小佳在台上顿了顿，这是喜剧的节奏，貌似忠厚实则狡猾地一笑："是，祖先笑了。"台下的北方人先是一愣，继而也哄笑。

观众都记得小佳。我对单口演员们的共同印象是：无论看上去多么洒脱随性，多么像是有生来就该入这行的天赋异禀和坚不可摧，都得先独自处理只有自己知晓的烦恼，乃至痛苦，才能把它们当众化作那孤独灯光下的笑话。在那个台上，自己没法伪装成别人，那些东西的本相也再难遮蔽，也许，从此真的过去了，也许成了更深的刺痛。而小佳曾经历的，怕是那种要在某一时刻里见生死的绝境，才能讲出好多人一辈子都悟不到的大实话："有些事情藏着掖着，总是躲不过的。"在他的段子里，引观众哄笑的笑话和回到根本的实话是交替出现的。

五六年后作为他的读者，我读出了原委：他有本事又认命又反抗，又逃离又走过去直面，又轻盈跳脱，又一直沉入水底，直到眼泪和大笑连为一体，用他自己的语言写下其中那些能说出的，把不能说出的付之一笑。而不是像大多数人那样，将能说的和不能说的都付之于沉默。

他的语言就是他的生活本身，以及从这生活里张望到的世界。《实在闽南》中的是时间和地点。他家所在的政府大院里常有被遗弃的女婴，和北方的弃婴不同，附带一张红纸上的生辰八字。闽南乡村的自建房是"三层小楼，欧式外观，浮夸到不行……连餐厅都有一盏华丽的水晶吊灯"，里面住着他的姑姑。小佳说这在那边是典型的民居，在我们东北不大能见到，三层小楼在冬天里要耗费太多的煤和苞米荚子。还有从茶桌上和祭拜里才能窥见的世情，以及他对于世情的独特解决方式。另外，小佳这个老茶民"知道真正的好茶应该是什么样的"，怎么用一张专场的票钱买到被当成奢侈品的茶叶，你也可以去问他。

在这种语言的夹处，像《摇摇晃晃》《和世界失联》，则使读者怅然、痛楚，心软地落泪，然后又被下一句话逗得咯咯地笑了起来。小佳真是会写，他这种会讲故事的人，劈面的头一句、头一个场景，到头一个强拍的落下，已经让读者落入他的世界和节奏之中。小佳和其他讲故事的人有一点不同，他还能在父亲的葬礼上发现"一个人死了，就会活得非常体面"；在焚烧炉前，说得出"该把我爸照片P[1]老一点的，现在放在这一排显得英年早逝，很是可怜，一看我这儿子这样，更可怜了"。说地狱笑话得有地狱资格，小佳的资格是他与日常的地狱和他人的地狱周旋已久，他的父亲也难免是其中的一层。如今，他找到了打捞自己的方法，建立了谅解，才能再度发笑，发觉那无非是"六七月台风天过后，空气中弥漫的霉味，不难闻但涩涩的"，一个人的长大，是如此费力而又艰险。

我从这本《蜉蝣直上》里学到了一个闽南方言词"无代志"，类似于《红楼梦》里的"不相干"（里面含着不要

---

1 P在此处表示对照片进行编辑、修饰和美化。

紧的意思),但这"不要紧"的意思,都出现在最紧要的关头也是最痛苦的时刻,这也是读小佳和听他说单口时要留意的:他在最紧的地方会一松。

小佳写道,他去巡演前,到妈祖那里请示能不能把对自己、对人生的态度也用于对闽南人的诸神,妈祖一次就同意了。怎么会不同意呢?

如果不同意呢?我猜,他也许换个地方再掷一次。"重来挺难的,不管是高考还是人生",然而这浓茶一样的日子"不需要一小口一小口地抿,但只能喝一次"。小佳发现了第三个选择,掷出那两个正面、不置可否的笑杯,就足够了,就知道自己该去做什么事。"比较遗憾的是,笑杯从始至终都不是一个答案,人们只想求个痛快,如果把笑当成一个终选项,也许很多困惑都能迎刃而解。"

我写这篇文章前,在网上找了个掷筊的软件,他家乡的神灵甚是灵验,知道我是要谈论小佳,先一笑杯,然后连出三次圣杯,大笑过后连连点头,对此事和本书均给予充分肯定。

推荐序二
每个人都能写出自己的《故乡》

呼兰

鲁迅的《故乡》已经是经典,周老师的确写得好,《故乡》也是好几代中国人的语文课文。自古以来,写得好的文章不计其数,但只有成为课文才能成为国人共同的文化符号。"故乡"已经成为一个专有名词,提到故乡就会想到鲁迅,想到闰土,甚至想到课本上那幅插画:一个梳着辫子、戴着项圈的小男孩在田间举着叉子刺猹。虽然我现在都不知道什么是猹,但你要问我,什么是猹?我会说,那是鲁迅小时候他家田里的一种动物。能把故乡写到这个地步,也是登峰造极了。

虽然不是每个人都有鲁迅的笔,但都有鲁迅的心,至少在故乡这件事情上。以我的观察,几乎每个人都对自己的故乡和童年有着旺盛的表达欲,有的写成文章,有的写成段子,还有的每每喝多,会在酒桌上跟朋友聊起,眉飞色舞。其中的道理也不难理解,经常说"好汉不提当年勇",但其实回忆回忆,在整个人生当中,小时候往往是最勇的。所以一喝多,想起来最近这些年也没做过什么勇事儿,聊着聊着就聊到小时候了。我甚至觉得,人老了以后,如果有人问你,这辈子做过最勇敢的事儿是在什么时候,它大概率应该是发生在十五岁以前。

但酒桌上聊聊片段、吹吹牛容易,真写成文章很难。酒桌吹牛讲究的是绘声绘色、虚实结合,故事磨熟练了还可以在不同酒桌上讲,但写文章讲究的是如何真实全面地面对自己的童年——那里有"当年勇",也有很多"当年不勇"。如何面对故乡的"闰土",甚至我们自己就是"闰土"——"闰土"无关境遇好坏,总之变了模样,用课本上的话说就是"雕栏玉砌应犹在,只是朱颜改"。变好变坏都令人唏嘘,对于故乡和曾经的玩伴,可能真的是不如不见。我刚开始讲脱口秀的时候写过这么一个段子，一个字没改，从旧文档翻出来的。

我是北方人，前些年还经常回老家。最近这些年回得越来越少了，不是老家不好，一回去太伤感。就看我之前跟着混的大哥，变成"闰土"的那个。当年大哥特别厉害，叱咤风云，我是自愿加入他们的。他说："你学习好，你好好写作业，给我们抄，我给你封个文官。"我说："做文官除了借你抄作业还干点啥？""就是每天出来玩的时候，你喊'上朝'。""大哥，这不是文官，这是宦官啊，我虽然读书少，但我看过电视剧啊，"我说，"我还是给你当军师吧。"那时候电视正好放《三国演义》，我就觉得自己是诸葛亮。我说："你是主公，你是刘备。"他说："我不喜欢刘备，我是曹操。"所以你就看见一个诸葛亮跟在曹操后面出谋划策。动不动他老惹我，我诸葛亮还把他曹操打哭了。我就和他说："你这么上来就打不行的，你这样……"有一回我们和另外一个小区的孩子打架，我就对大哥说："打的时候你先自己露面，其他人藏在楼里，要开始的时候从侧路杀出，你得来这个——伏兵。"然后我给安排好了，自己跑到三楼的窗户边观战，拿着我爷爷的扇子。结果楼下不知道谁为了做得逼真，把楼门那铁链锁上了，打的时候就没杀出来。我从三楼往下看，大哥被揍得那个惨啊……唉，当年大哥真的特别牛，那时候我要是真挨欺负了，我就找他，我说："大哥，帮我砍他。"沧海桑田。现在他总给我发微信："帮我砍砍。"一个拼多多的链接。

为啥写这个段子，就是因为那个大哥真的是我小时候的大哥，在我心中高大威猛，指挥着成群结队的小朋友。他就像孙悟空，我们就像跟在后面的花果山小猴。后来好多年都断了联系，直到有了校内网。不得不说，校内网真的"破坏"了很多人的童年。加上大哥的校内网好友之后，我还挺兴奋，因为在我的认知里，有一半概率大哥在牢里，结果大哥现在往返中俄倒腾皮草。大哥跟我说，没办法，俩孩子，得照顾家。客观来讲，大哥过得挺好的，他成了有担当、有责任的人。但你们也要理解我作为一个花果山小猴，过了几十年后看到齐天大圣在外面倒腾皮草的心情。故乡就是这样，不忍细看……

谢谢小佳愿意把他的故乡写给我们看，这是一件既耗力又耗神的事情。

蜉蝣直上，蜉蝣又直下。蜉蝣直上直下。

推荐序三
立体小佳,特色闽南

鸟鸟

认识小佳是在一期封闭式脱口秀训练营,一营二十几人,都住在上海火车站附近的一家酒店。早餐是自助式的,我端着菜找位置,其他桌的人看起来都已经认识了,我就坐到了同样独自吃饭的小佳的对面。后来小佳说,我是第一个主动坐到他那桌一起吃饭的人。我说,因为我知道他不传染。但我当时想的是,因为我也很难融入别人。

上节目之后,小佳的口齿比训练营期间利落了很多。总有人问脱口秀为什么能治愈我的内向,我猜也总有人问脱口秀是怎么治愈了小佳。我不觉得脱口秀有什么治愈作用，我只是努力适应生活的变化，而小佳上了很多次舞台。

小佳给我样书时我很吃惊，因为我们都曾宣称自己想写一本书，而小佳的书已经写出来了。他总是这样，专场说开就开起来，书说写就写了。当他想做什么事，就会目标明确、规划细致地完成，就像当初他决心去做销售，就能一天爬一百二十六层楼，挨家挨户地敲门。沟通、谈判和完成计划对他来说毫无难度，所以我总觉得小佳未来会有很大的产业。怀着"要趁朋友还没完全发达赶紧对他好一点"的心情，我非常认真地写这篇序。

这本书的语感很有特色，小佳很老练地在故事里加入方言，就像瓷瓶上故意烧制出来的裂缝，让你觉得故事里的所有人都脆弱又鲜活，情感不经意间从裂缝中透过来，重重地击中你。脱口秀有一个技巧叫"简单真相"，指的是有一些人们在日常生活里羞于表达的感受，当演员直接在舞台上说出来，就会好笑。简单真相令人发笑，复杂真相令人想哭，小佳在这本书里呈现的就是复杂真相。不同于舞台上的他，小佳在书里讲的是未经修饰的世界、真实的运行逻辑、真实的人物命运、真实的感受。尽管并不是每一个场景都是美好或体面的，但真实是宝贵的。

很多段落，我都没有想到小佳会写得这么直白。我说的直白并不是没有美感，而是选择舍去多余的处理，只留下最尖锐的部分。有时我都替小佳担心，总也是出了名的人，这么自我袒露会不会太危险？但这种小困难对他来说应该也很容易克服。他说这是他的第一本书，他就是想把它写透。

小佳说，他高中模考的分数一直很好，但高考成绩并不理想，因为字迹特殊，阅卷老师不像本校老师看得那么仔细。我问他为什么没有申请特殊阅卷，他说当时没有想到。我觉得小佳只是不想承认他的骄傲，即便他为这骄傲付出了很多很多，但也正是这骄傲带他走到如今的位置。

这本书除了是我朋友的成长故事，也是我读过的最生动的导游书。小佳完完全全是一个闽南文化宣传大使，好的不好的统统都宣传，婚丧嫁娶，城市乡村，男人女人。除了写书，在日常生活里他也抓住一切机会宣传家乡文化。小佳在别人眼里的第一身份也许是脱口秀演员，在我这里他纯粹是个福建人。

录比赛的时候，化妆间角落会放着整箱的矿泉水，我们都喝这个。小佳坚持带自己巨大的保温壶，盖子可以翻过来当杯子，小佳就随时随地倒出冒着热气的浓茶。我说这么年轻就养生倒也没必要，他说福建人就是这样。朋友聚会，他也会主动请缨做整桌的菜，让我们吃到正宗的福建风味。总之，小佳喜欢煲汤，喜欢喝茶，只要不耽误他求神拜佛，怎么开玩笑都可以。

小佳每次上节目的衣服都装饰有卡通元素，再加上"小佳"这个非常可爱的名字，会显得这是一个很童趣的人物。但这是个误解。我相信看完这本书，大家就会认识到，小佳是一个沉稳、坚定、有主见、有才华并即将有产业的福建人。让我们（通过买这本书来）祝福小佳。

目录

1　摇摇晃晃
28　田里的阿花
66　权力的颜色
85　实在闽南
107　蜉蝣
132　散场之后
159　勇敢的人
175　和世界失联

201　后记

摇摇晃晃

"要是养我这么丢脸的话,当初我生下来就把我弄死算了啊!"我冲着洗衣池边上的母亲吼道。母亲背对着我没有再说话,水龙头下的水流声好像更大了。母亲什么也没做,但她每次都要收拾我和父亲"战斗"的残局。有时候我会成功点燃母亲的愤怒,把矛盾转移到她和父亲的夫妻关系上,不过多数时候她都像此刻这样,在听完我歇斯底里的发泄之后继续当个沉默者。

我非常厌恶我的父亲,我觉得他也不喜欢我,打我记事起,我们俩在家就一直是随时向对方"开炮"的状态。我从没见过哪个父亲会在教训孩子时用尽侮辱性词汇——"你是个残废你知道吗？""真不知道你将来会有什么出息！"

"我这样还不是你喝酒害的。""你就是条贱命，贱人自有天收的。"当然，我也没有见过哪个儿子回击父亲如此出言不逊。

父亲母亲是同龄人，二十八岁结婚，二十九岁有了我。在那个鼓励晚婚晚育的年代，可以说两个人都是"楷模"。"我生你那天晚上肚子开始痛，我就喊你阿爸带我去卫生所，你阿爸非偳，喊了你两个阿姑还有圩里那赤脚的老助产妇来家里，后来人家看情况怕不行，赶紧让叫车送到县医院。"很多年后母亲回忆道，"那医生说要剖，你阿爸坚持要顺产，在那里还跟人掰扯，后半夜你总算出来了。你这个仔出来大家都惊死了，什么声都出不来，那医生就往你的脚掌狂拍，你就是哭不出来，接着你阿爸也开始打啊，打了多久我也记不清，但你哇一声哭出来那一下，我这辈子都忘不了。"母亲越说越激动，本来靠在沙发上突然端正坐起，"我以为哭出来就好了，那医生说你在胎里缺氧太久了，命是保住了，人会怎么样就另说了。我听完很心酸，你阿爸在外面跟人家医生干起来，整个走廊鸡飞狗跳的。"也是从那一刻起，我们这三口之家开始过上了不太平静的日子。

别的小孩一岁就开始"妈、妈"往外蹦，我到了两三岁嘴还是很严，按母亲的话说就是"有时你突然'啊'一下，我都阿弥陀佛，各种感恩。那些亲戚过来看个个都说你应该是个哑巴，嘴脸表面看着是在可怜，我看背地里没少说闲话"。母亲不信邪，去新华书店买了两本《唐诗三百首》，天天把我放进外公专门做的竹椅子上就开始念，边念边拿着我的手摸着她的喉咙，就这样持续了三个多月。母亲说："有一天我抱着你去菜市买菜，刚刚把钱拿给菜贩，你这个仔突然喊了声'妈'。我还以为是听错了，然后你又喊了一遍，我当时在人家摊子上跟疯了一样，拿起菜就往家跑。我非常非常欢喜，但我没办法去跟菜市人斗阵[1]分享，一个快四岁的小孩会叫'妈妈'不应该吗？

---

1 斗阵：闽南语，凑在一起。

我怕太癫会被笑死。"我不清楚母亲的复述里会不会有失真的成分，但那两本皱巴巴的《唐诗三百首》一直被母亲珍藏到我们搬出政府大院。

本以为攻克了哑巴，日子就会好起来，但天公不仅疼憨仔[1]，天公也爱乱捉弄，我会讲话，却不会走路了。是大姑最先发现我走路有问题，怎么步步都走得瘸瘸拐拐，身体摇摇晃晃。她和母亲带着我上卫生所一看，那医师说："坏了，是鸭母蹄[2]，这种是先天的，没药救。""先天的"三个字总有致命一击的力量，它代表再怎么努力最后都是无果。消息一出，那些亲戚又很快跑到家里，这次也没有那可怜样了，也不委婉了，直截了当地劝母亲再生一个。按照当时的计生政策，每家每户只能生一胎，但如果第一个子女患有先天非遗传性残疾，就具备生二胎的资格。换言之，只要给我上个残疾证，母亲是可以再生一个的。

也许大人们天生没把小孩当回事，或者说没把我当回

---

[1] 天公疼憨仔：闽南语，意思是上天会特别疼爱那些憨厚、实在的人，与普通话中的"傻人有傻福"有相似的含义。
[2] 鸭母蹄：扁平足。

事,那些话都是当着四岁的我的面说的,就连父亲有天晚上都跑到床前跟母亲说:"我看,上幼儿园的事情可以缓缓,这仔也不一定要读书。"我侧卧在床边,面对着那纸片隔断墙,背后的一句一句都听得清清楚楚。

"那时候啊,谁来说我都没太大波澜,但你阿嬷也来劝我是真的有些顶不住,我自小最听你阿嬷我姨的话。"母亲说道。我们家管阿嬷和外婆都叫阿嬷,母亲和舅舅们也只用闽南语称呼外婆为"姨",我一直很困惑,明明是妈妈,却得听一辈子叫姨。"那时你阿爸觉得丢脸,一天到晚出去找人喝酒,都是我自己在应付,人都麻了。还有些买体育彩票的人拿着一箩筐的号码球让你抓,说什么歹命仔身上都有玄机,我那时还笑笑相迎,现在想来实在晦气。"

说起来,我的命运掌握在那个四十二天大的女孩手里。千禧年前夕,计划生育政策还在有条不紊地执行着,在重男轻女思想比较严重的闽南,有些人家便投机取巧钻空子。就在那个所有人都劝父母再生一个的节骨眼儿上,有个刚生下四十二天的小女孩被放在了大院公厕的门口。小女孩被两层被子裹着,小脸被正月的寒风吹得通红,兴许是冻僵了，连哭的力气都没有。女孩身上放了张红纸，上面写着出生时间，旁边有个白袋子，装着女孩的几件衣服。这下好了，都不用劝母亲生了，有个现成的在那，可能是时间紧迫，那两天家里总是一拨拨来人劝母亲把她抱回来。"这样老了才有人能指望，说不定这仔以后还得靠那妹妹养呢。"说着说着自己便笑起来，笑声真像电视里那些坏人，我当时心想。记得那阵子的某个晚上，母亲哄我睡觉时问道："你想不想多个妹妹呀？"我愣愣地看了母亲几秒，投进她怀中，泪眼婆娑地回道："阿妈，有妹妹你还会要我吗，不要我我去哪里啊？"母亲被我吓到了，急忙拍拍我的背安抚我。最后她还是没有把小女孩抱回来，当时父亲很心动，不管不顾就是要抱，母亲冲他嚷道："你要是敢抱回来，那我就带着这仔走，你要再婚再生随你去。"到现在我都没见过几次母亲那么生气。父亲只好作罢。女孩第三天被人抱走了，就在隔壁乡里一户人家，有传言是儿子儿媳不孕不育，二老才将就着抱回来。从那以后，再也没有人跟母亲说要二胎的事情。前些年，母亲对我的说辞一直是当时父亲工资不高，怎么可能再要一个孩子。去年有媒体去采访母亲时，我才知道了母亲的真实顾虑，她是这样说的："办那什么证不就是打了个标签……我打这个标签，是关系到他一辈子的事情……说有补贴，社会对他有特殊的关照，我们都不需要这个，我不需要这个。要什么靠他自己去努力……我儿子再怎么样，在我们的心中，他就是正常人。"

20世纪90年代初，父亲是镇畜牧站的一名小职工，母亲是县服装厂的女工，两人是被做媒的介绍认识的。那做媒的好像背着KPI一样，使劲在外公外嬷耳边吹风，说这种在政府工作的铁饭碗可不多，错过了就真的没有了。于是两人仅仅见了一面就被按头定下亲事，在那个只有一床双喜四件套当彩礼的年代。很多年后，我翻箱倒柜找到了当年母亲一封信的草稿版，信是写给远在福州读中专的小舅的。皱巴巴的纸上写着："光弟，我见到了那个男的了，阿爹很满意，过不久也许我们就会成家，从没有跟男的一起过，想来还是紧张……也不知道我们会不会幸福。"纸上字迹写写又涂涂，溢着母亲那颗悸动的少女心。我一边看一边露出"姨母笑",母亲在旁说道:"当初有多期盼,日后就有多后悔。"

也许是因为我的出现破坏了这段感情,从小我就感受到父母的关系也如同我走路一般摇摇晃晃。他们俩只要一吵架,我就会是那个被丢来丢去的"炸药"。母亲责怪父亲在她孕期不顾家,天天酗酒;父亲则揶揄母亲没本事,产不出好卵。要是放在今天,遇到这样的男人不得有多远走多远,但是在那个年代,忍忍就过去了。有几次父亲甚至动手把母亲的脑袋往衣柜上砸,腥风血雨过后,父亲摔门而出,母亲抱着我坐在卧室花砖地上痛哭,一滴滴血落在母亲仅有的那双白色高跟鞋上,我用纸巾给母亲擦拭额头上的伤口。第二天放学回来,母亲不见了,父亲说:"你阿妈回你外嬷家,不回来了,不要你了……"我被吓得哇哇大哭,我觉得就是因为我才让这个家变成这样的。我躺在地上任由父亲怎么揍怎么骂,死活都不肯上学,父亲只好拨通外嬷家的电话,让我跟母亲说话。电话那头母亲声音一出来,我又绷不住狂哭,父亲就把电话挂掉了。大姑来家里把父亲责骂了一顿,父亲只回道:"咱爹不也是这样对咱娘的吗?"我们父子俩就这样单独相处了四五天,几乎零交流,他看电视,我自个儿玩自个儿的。要是家里剩我一个人,我就害怕地躲进衣柜里偷偷地哭,后来很多年我在难过时都喜欢躲进衣柜里,不用面对外界,也不用面对自己。

父亲家暴没有持续太久。我们搬到县城之后,母亲变成了一个新兴职场女性。有次挨了巴掌立马打电话给两条街外的大舅,大舅骑着摩托唰一下赶到我家,两百斤的大块头,进门就把父亲按倒,哪哪给了两拳,还嫌不够,又来了两脚。我拿了条热毛巾让他擦一擦伤口。家里后来集结了好多亲戚,大家轮番批斗父亲。从那之后,夫妻俩还是会吵架,但再也不动手了。也不能说我大舅有多正义,因为他也经常打老婆。

有很多年里几乎都是母亲一个人在管我,按现在的流行语来说就是"丧偶式育儿"。付出更多的一方,往往更容易出差错。我们住在政府大院时,上厕所得走到三四百米外的公共厕所。有一年冬天下着大雨,母亲图省事,便抱着我越过家后窗外的下水道想直接解决,不料泡沫拖鞋踩在石板路的青苔上,重重滑倒。我的后脑勺猛烈地撞上一块板砖,母亲顾不上自己额头上不断流血的伤口,抱起号啕大哭的我,骑着摩托车就往镇上卫生院赶。等我软趴趴地躺在手术床上进行消毒缝针时,母亲这才开始非常克制地默默抽泣。上着班的父亲和大姑前后脚赶到,都责怪母亲怎么照顾孩子这么不小心,母亲绷不住又哭了起来,这次哭出了声。针线一次次穿过头皮,特别特别疼,但我知道我不能再哭了。我望着母亲说:"阿妈,别哭,我没事了。""阿妈,你疼不疼啊?"

回头看,生活总在试探母亲的底线。有次母亲发着烧,她怎么说我我都不听。母亲忽然沉默不语,靠近我,一把抓住我的头发,往厨房水池里那桶洗衣服遗留的肥皂水里摁。肥皂水没有味道,我的鼻腔瞬间被灌满。我呛得直咳嗽,母亲才松了手。我惊恐地望向她,她已转身离去。有很长一段时间我都会梦到自己被淹没,多年后我问母亲还记得这件事吗,母亲却说忘了。

糟糕的家庭关系深深地影响了我的性格。八九岁时我性格特别暴躁、偏执、敏感。有一次我阿叔说了我两句,我就觉得他在针对我,直接坐上他那没上锁的摩托车,踩动油门往他家门上撞。车是没啥事,我的膝盖破了一大块皮。回家后我被父亲要求下跪,还挨了他好几个巴掌。我知道这下玩大了,自觉理亏,不敢说话。还有一次,我表叔在影楼里拍婚纱照,影楼工作人员非让我在门外等着,我以为他就是把我当异类,直接堵在门口,谁来都不让进。后来表叔把父亲喊来,我一边被拉走一边朝着那工作人员臭骂。如今表叔都离婚了,我想来仍然愧疚。

  我至今还会不自觉地观察别人投来的眼光是善意的还是恶意的。我特别怕理头发,因为小时候理头发时身体总会不由自主地晃动。那个理发先生就会和我母亲轻轻地怨叹一声,那一声到我耳朵里如同水波般炸开,我就晃得更加厉害。长大之后,我宁愿把头发留到流浪汉的长度,也不想去巷子口理发店修剪一下,我太害怕那种被上下打量的目光了,但是从未和谁提起过,所有人都只会告诉你该去剪头发了。从小到大,我最喜欢的季节是冬天,厚大衣、棉裤、棉鞋,加上双手插兜,我的四肢被盖得严严实实。被盖住的还有我的羞耻。

在学校里,我更是唯唯诺诺。上学第一天,母亲就交代我:"在学校受欺负就跟老师说,听到没有?"听到了,但第一个下马威就来自老师。因为作业没写完,我直接被老师喊到讲台上,她拿起竹鞭就往肉多的地方打,我两条小腿上都是伤痕。那个老师还是我小舅的初中同学,下手狠到我都感觉是我小舅以前欺负过她。要在今天,家长铁定得让她被停职甚至开除,但是在那会儿,父母都只会说:"为什么不写完,你这不是活该吗?"

一个老师带"好"头,学生们纷纷效仿。当时班级里都在集干脆面的卡,谁的最全谁就牛气。合理获得的方式是两人拿卡碰碰,谁的卡片朝上就能获得对方那张卡牌。但男生们拿我打趣,说给看一次小鸡鸡就给一张卡,说着手就往我裤头上摸。当时的我并没有意识到这种交易里的恶意,刚开始还觉得不就是看小鸡鸡,也没啥损失。渐渐地大家开始上手弹,好疼好疼,我说不玩了,他们就开始疯狂地扒拉。后来我才知道那叫作霸凌,对我的霸凌,也是对女同学的霸凌。我谁都没敢说,也不知跟谁说、如何说。其实最早被后桌同学揪耳朵我还会跟母亲说，母亲告诉父亲，依父亲那性格就是火拼，直接带我到学校，等同学一来就疯狂揪着他的耳朵，问他还敢不敢。那同学说着不敢不敢，但父亲走了他就敢了。我觉得很丢脸，从此闭嘴。

我的童年相对孤单，在学校和在家都很沉默，每天说话最多的不是父亲母亲，而是我堂哥带来的老伙计——很多年前从河里抓来的红头龟。老伙计到去世都没有名字。它也不像其他饲料龟，它只吃生肉，还得是肉丝。每次扑通一声被掷到水里，它就立马朝我迎过来。它吃着肉，我说着话，都不耽误。它也不会审视我、教育我、取笑我。再后来我偶然发现它能吃蟑螂，就开始蹲守在厨房徒手抓蟑螂，它的大快朵颐是对我的劳动成果的肯定，而那时的我能得到的肯定并不多。老伙计活了十三年，在高考前一个月离开了我。母亲让我拿到垃圾堆丢掉，我责怪母亲太无情，偷偷把它埋在家门外的盆栽下面。隔了半年，盆栽要扔掉，我又偷偷挖开看看，尸肉基本腐烂了，只留下破碎的龟壳。我把碎片都拾起来，装在一个红包里面，夹进年少时的日记本里。母亲也不是第一次"无情"了，她好像对养宠物有天然的抗拒，我中学时提出想养狗，也被她断然拒绝。有一年冬天，一条土狗跑到我们家门口，坐下来不走，母亲拿着棍子怎么敲打它都不动弹，兴许是外面太冷了。我觉得这就是命运的安排，但母亲不同意，我带着哭腔祈求，让它哪怕待一晚上都好。最后大概被打疼了，它又独自走进冬夜里。它的无助困在了我的身上。

　　煌和凯，我为数不多的童年玩伴，将我从水深火热中解救了出来。小学三年级刚分班，"早餐进乡村"工程全面实施，学校会在课间二十分钟发放早餐。我的早餐经常被抢走，有时候会被吃掉，有时候被直接扔掉，我只能从起床挨饿到中午。凯有天实在看不下去，和那些欺负我的同学说："你们再这样弄他，我就告诉老师去。"大家就没再继续了。不是因为凯的身材有多魁梧，而是因为他阿嬷就是学校的老师。煌在旁边，把他那份给了我。我们仨成了最要好的朋友，一起上学，一起放学，一起看电视，有时我也攒下零用钱带他们去游戏机室玩。四年级读完，我要转学去县城，最留恋的就是他俩了。我们说一定要考上同一所初中、同一所大学，要永远做好朋友，只是后来渐渐都失联了。我很想他们。

跟同龄小孩的家庭条件相比，我对环境不应该有那么多抱怨。在政府大院长大，放学回家就可以看电视，有来自院里各种叔叔阿姨的投喂，每天母亲都会给我买五毛钱一颗的鸡仔胎，还不时能吃到阿公从山上猎来的鸟，但物质上的富足和精神上的苦闷相互映衬，就像开春的回南天，让我郁郁寡欢，时刻在等一个转机。

转机出现在我们举家搬往县城时。彼时房地产行业开始走在风口上，好学区好地段就是好投资。那些大院里的职工纷纷抢占先机，拿出毕生积蓄都要在县城拥有一套房。"今天一套房，明天花不完"这样的广告标语在大街小巷随处可见，虽然也没咋押韵。大院里家家户户都陆续搬走了，到最后整栋楼只剩我们这一户，走廊的风都吹得更为萧瑟。母亲也按捺不住，跟父亲商量着也买一套，可以把孩子转到县城更好的小学。父亲起初说啥也不同意，这种不要房租不要水电的公家房住着多舒服，一旁的姑父也帮腔道："小孩在哪读不都一样，况且转学得花个大几千，这小孩将来有啥出息我把我耳朵割掉。"后来不到半年，父亲同事买的房子价格都开始噌噌上涨，他觉得面子上不能输，重新把买房的议题放到台面上。夫妻俩精打细算，终于在 2003 年年底花了五万出头买了套两层的二手楼房，后来我们仨在那一住就是十六年。

房子买完之后，母亲开始着手装修，那两个多月是我和父亲单独相处最久的时光。我回到家他已经做好饭菜，吃完之后我就在母亲那台缝纫机上写作业，他在一旁给我削铅笔，削完桌上所有铅笔后，他便阔步骑上他的嘉陵摩托出门去别人家泡茶或者喝酒了。我还是很自律，写完作业打开电视看到他回来，有时早有时晚，只要确保门打开那一刻我在床上就行了。有几个早上他睡过了头，就打电话跟老师说我生病了，去不了学校。那段时间他给母亲打电话都得意道："我比你会管孩子多了。"是挺会管的，新房装修差不多，母亲也收获了一个成绩飞速下滑、作业潦草甚至换成左手写字的我。

大县城好繁华啊，处处是高楼，每天都有新的事物在冲击着我。我有专属的衣柜，连写作业都有专门的办公桌。家里两间卧房，我和母亲睡大的那间，父亲自己睡小间。父亲仍然在镇政府上班，每天早上会用摩托车载着我上学，完了再去镇里。每天放学出校门，我就可以远远看到父亲那满是粗糙褶皱的面孔。或许因为环境的变化，我们父子俩的关系也缓和了一点。母亲从服装厂下岗也已有两个年头，开始跟着我堂哥的女朋友卖起了保险。她领着我去她上班的地方，一排看过去都是电脑，那时我不敢想象每天玩电脑能有多快乐，若干年后体会到了。有一次她业绩达标，奖励是带我去市里面的游乐园一日游，那是我第一次见到游乐园，什么海盗船、旋转木马、摇晃飞椅，所有项目都在冒着幸福的泡泡。

我很喜欢县城的学校，尽管我是插班生，被安排在最后一排，尽管我各科的成绩都数一数二（从后往前数），但这里的同学不会欺负我，甚至根本不理我，我只要安安静静做个角落里的人，就没有人会伤害我。我不是没想过在新环境里交朋友，当时我们班有个智力受损的同学，老师把他安排在讲台旁边，本是出于好意，却让他成为人群中更特殊的一个。据说他父亲是县里的企业家，有头有脸。他上课自己玩，下课被同学玩，无论别人怎么打，他都笑嘻嘻地不还手，直到被打疼了才会猛地一下哭出来。他哭得越大声，别人打得越起劲。打他的人不固定，尤其男孩子，看到有战局就会加入也踹上两脚。他们也招呼我一起玩。头几次我想要迎合，也变成施暴者，但每次"大显身手"时，我就感觉仿佛在欺负自己，我的良心极度不安，之后我便不再参与了。但我也没有去跟老师打小报告。

我上了小学六年级，母亲业务繁忙，对我的功课辅导开始有些吃力了，索性让我自力更生，也不盯着我学习了，就连学校都让我自己踩着单车去。那单车县城里的孩子骑起来如鱼得水，我愣是一蹬脚一个大扑街[1]，练了好久就是学不会，直到母亲说："你要是能学会，我就带你去厦门。"当天晚上我就会了，神秘大城市的吸引力足以让一个小孩发挥所有的本能。这种小小的满足感后来越来越

---

[1] 扑街：源自粤语，原本的写法是"仆街"，原指横尸街头，现指跌倒在马路上、跌倒。

难有了。自从开始骑单车后,哪怕下雨天没带伞我都得自己骑回家,雨太大就找个旮旯等雨停。

一到周末,我第一时间写完作业之后就开始光明正大地看电视,从早上八九点看到下午五六点。母亲要是念叨,我就把写完的作业摆在她面前。在那个年代,作业写完就行,视力交给了课前的眼保健操。当时家里的电视装上了有线机顶盒,从以前的九个频道扩展到三十个频道。我也不看动画片,就爱看综艺节目。《快乐大本营》《我爱记歌词》《开心100》……一个个轮流看过去。看腻了我就踩着单车去我大舅家,他家天台上装了个"锅",可以收到宝岛台湾的电视频道。胡瓜和张菲主持的《鲤鱼跃龙门》真的可以把我笑到胃痉挛。十岁出头的年纪,我对娱乐圈已经了如指掌,别人是三五结伴过家家,我是在房间里同时开三五个节目,假装周围有摄影机,假装有大明星在场,这些都是秘密。有次母亲开了我房间的门,我正在拿着根仙女棒对着空气讲八卦新闻。她肯定以为我疯了。

闽南这边一有喜事就会在家门口装上一个巨型的充气

人，风机一开，充气人就会随风摇晃，不管怎么摇晃，它都屹立不倒。我人生的前十八年正如充气人一般摇摇晃晃，学着立稳。

如果说来县城的日子是让我人生摇晃得更自在一点，那初中班主任就是那个拿风机的人，她站在我前头说，摇起来啊摇起来。小学毕业我考的成绩不是很理想，只考上了县重点中学的非重点班。入学军训那一周，我因为控制不住自己的肢体，站军姿时扭来扭去，教官一个回旋踢直接落在我的腚上。当时同学们都在笑，教数学的班主任杨老师就在楼上看着，我心里嘀咕：这下完了，又要自己跟自己玩三年，指不定还要继续被霸凌，报纸上说中学霸凌都是直接动刀子的。我越想越害怕。军训结束后那天下午开班会竞选班长，杨老师说："今天班长竞选我先提名一个人，他叫张佳鑫，就是军训屡屡被骂的那位，我觉得他能坚持特别不容易。这个班长选上了老师可能也不会让他当，但我希望大家以后可以和他交朋友，如果有人欺负他，我们班的人都要保护他。"这番话的力量实在太强大了，哪怕放眼我整个学生生涯都非常令人震撼，有时候一个渺小的人要的并不多，一点点就能超满足。最后我们班男生都投给了我，女生们都投给了另一个女生候选人，又因为女生数量比男生多，所以班长不是我。但是因为那节班会课，我从中学时代伊始就有了朋友。一年后，市里教育改革，把县城三所公立中学合为一体，我们也要重新整合分班，杨老师在我的学生报告手册上这样写道："风没有方向，不能决定往哪吹，而你就是个追风的男孩，跑到哪里都是对的。"

杨老师给我更多的是勇气，面对生活的勇气。2023年10月，我第一次回老家漳州演出，邀请杨老师来看，杨老师应允了。她的鬓角微白，坐在台下听台上的我娓娓道来，时光瞬间拉回十五年前，她在台上，我在台下，我终于能表达那一声迟到了很多年的"谢谢"。

一个人成长的标志，就是开始想要有清晰的自我认知，比如孩童时不愿意别人动自己的玩具，比如在变声的青春期，我开始拒绝母亲到服装市场给我挑的衣服，又比如初三那年暑假的某天夜晚，我跟母亲说："我想去市医院看看我的病。"没有由头,就是突然有种自己命运必须掌握在自己手里的冲动。这是我第一次如此正面地向母亲要个答案,因为她当时总拿"你这种情况只要多多锻炼总能好"来敷衍我。母亲大概被我的正经给惊到,脸上表现出丝丝不解和慌张,好在最后她答应了。

从县城到市医院那天是个下雨天,大巴驶过乡镇的土路时,车轮摩擦飞溅出点点泥巴,车身摇摇晃晃,车上烟味和汽油味混合令人作呕。我们挂的是神经科,医生听了情况,面无表情地说:"这小孩是脑瘫吧。"说罢往前握了握我的手,"这种病很难治,你在这里是没办法的,你去上海或北京那种大城市看看吧,不过可以开些药吃着。"短短几句话,讲的人云淡风轻,听的人却入了心。母亲察觉到我的反应有些颓,连忙补充:"但这个如果经常锻炼,是不是也能好,是吧医生?"医生看了眼母亲,再看看我说:"可能吧……十年八年的……哎,门口的,医院里不能抽烟,有没有点公德心。"我一瞥,是门外的父亲,此刻他已丢掉烟头,双手抱胸坐在走廊的长椅上。

出院后雨势更大了,我们在医院旁找了家德克士坐下吃东西等雨停，父亲又点起了一根七匹狼，没过一会儿，餐厅的一个女服务员走过来制止了父亲，父亲显然没有在医院掐得那么爽快，故作威风地问服务员："哪里有写禁止吸烟啊，我怎么没看到？""你让我把这根抽完嘛，刚点上。"我见不得父亲的跋扈，加上从医院出来的情绪使然，起身夺下父亲嘴里叼着的烟，扔在地上，用脚猛地踩了几下。父亲怒视着我喊道："发什么神经！"我也瞪大眼睛看着父亲。母亲出来当和事佬，让我们快吃快吃。我坐下来拿出我的按键手机在QQ空间写道："医院出来，我感觉天都要塌了。"同学还以为我得了什么绝症，都来关心我。

　　神奇的是，当我明确了自己的情况难以改变，我却开始学着和自己的身体和谐共处了。我以一种自得的姿态开启了我的高中生涯。每次回老家去姑丈家做客，我总当着他面开玩笑道："阿丈，你以前说我要是有出息你把你耳朵割掉，你记得吗？"姑丈可能也没想到这事我能记这么久，忙摆摆手，说："没有的事，你听错了听错了。"母亲面上不说话，一离开就在我耳边说道："干得漂亮。"整个高中时代我的社交能力有了很大的提升，经常主动认识新朋友，甚至被我班主任叫到了办公室挨批，说我的成绩太差，让我别下课就去找女孩聊天。我现在才意识到他真实的意思可能是"差归差，别去影响别人"。那时候的我可以说非常虚荣，总感觉有很多朋友才能证明我这个人有价值。高二那年母亲同意叫同学来家里过生日时，我高兴坏了，利用课间一层层楼地跑，遇到稍微面熟的就问："你下周日有空吗，来我家……我生日，你电话多少，我给你发家里地址。"就这样成功地招募到十四个朋友，他们有些根本互相不认识，场面略显尴尬，再怎么热场都没用。第二年生日时我就想着这回谁也不告诉，看看那十几个人有没有人记得，结果一个都没有，连母亲都是我说了她才想起来。那时候别提多失落了，现在想想真有趣。

当然有时候敏感脆弱玻璃心还是会反复横跳。高中文理分班后我的班主任教英语，有次她在教"disabled"（残疾的）这个单词时，当着全班的面拿我举例子："像我们班的佳鑫就是 disabled。"那句话铁锤般重重敲在我自认为足够坚强的心灵上，我起身离开教室去操场大哭了一场,暗暗发誓再也不上英语课。第二天班主任约我聊聊,我以为她意识到了自己的问题,都准备好接受她的道歉,没想到她说了句:"你身体有缺陷这件事,纸是包不住火的。""纸是包不住火的"这句话当时给了我二次暴击,我写了封信给学校教务处,要求老师道歉,但不了了之。多年后,我站在舞台上重新咀嚼这句话时,才悟到或许它是个人生真谛,有些事情藏着掖着,总是躲不过的。

文理分科时我毅然决然选了文科,因为觉得自己记东西快,周围所有人都觉得我疯了,语文都不及格了,政史地要写的题不得要了你的命。其实总体来说我成绩还可以,高三模考成绩一直在二本线上,但恰恰忽略了最重要的一件事:卷子是自己学校老师改的,大家都是耐心地从准确性入手,而高考改卷的人根本不知道我是谁。我的卷子和千千万万卷子一样被一扫而过,我也从二本线被扫到了专科线。现在我每次和朋友提起这件事,他们都会不约而同地发出提问:"你不是应该有什么特殊政策之类的吗?"当然有,刚上高三那会儿,班主任就问我要不要申请,申请成功的话可以延长考试时间,我没有犹豫地回答，不太需要。我脑海里的画面就是所有人离开考场时，我继续留下来答卷，那局面该有多狼狈，他们出了考场就不是先对答案了，而是议论我。现在回头想想，肠子都悔青了，年长的自己总要为年少的自己买单。

高考那两天，父亲骑着摩托车载我去考场，我坐在车后座，他的背影小小的、颓颓的，我们父子俩早已不那么针锋相对，更多时候只是相视无言。车到考场门口，我往里走，父亲突然喊住我："东西带全了吧？好好，尽力加油就好，接下来的路要你自己走了。"他的眼神透着过往十八年里我未曾见过的柔软，我有些不知所措，示意他快回去吧。

高考结束后，我和表弟去市区的一家包装厂打工，那也是我人生中第一次真正直面社会。厂子很大，但是舆论环境却很逼仄。刚入职第二天，厂里面的人看到我笨拙地装箱，都要议论一番，当着我的面问表弟："你哥是不是脑子有问题？"表弟看我表情尴尬，回击道："我哥正常得很，他们家在厦门有三套房呢。"不说不知道，说完大家更认为我是那种有钱人家的"二傻子"了。和我同小组的那个大婶一直在工作,没有参与其中,本来犹存些温暖,直到快下班时她突然拿出两枚五毛钱的硬币,说道:"我考考你聪不聪明,你说这两个加起来是多少钱?"我天天给母亲打电话想回家,母亲说:"你忍一忍,等隔两天有新人来,你的风头就过了。"母亲深谙这个道理,果然没过两天,大家就开始讨论起机械组的某某跟某某的婚外情。在厂里的两个多月我没有赚到多少钱,但让我对成年之后的生活有了基本的认知。高考成绩出来,母亲问我要不要复读,我想了想拒绝了,重来挺难的,不管是高考还是人生。

我的成长跌跌撞撞,普普通通,甚至有些细碎,像是六七月台风天过后,空气中弥漫的霉味,不难闻但涩涩的。闽南语常把长大称作"大汉",和普通话的"成人"有着异曲同工之妙。人只有远行离家、奔赴远方,回头看双亲时,才开始成为一个立体的人,一个男子汉。

田里的阿花

阿花最近爱上发朋友圈小视频了,每天能发五条十条,要么就是晒晒午饭吃了啥,要么用前置摄像头拍拍田里干活的自己。我最爱看的栏目是她晚上饭饱之后打开客厅里的卡拉OK放声歌唱。闽南阿嬷式碎花衬衫、深色的直筒布裤,还有满是沟壑的脚丫子,搭配她天籁般的歌喉,这种反差给我很大的震撼。我打趣要给她开个直播,赚的钱分分钟超过她平时在玩具厂打零工挣的那些散钱。连大姑都说:"要不是家里没钱读不起书,不然她考个什么音乐学校,说不定现在就是个歌唱家。"歌唱家是有点吹过头了。阿花甚至都不懂何谓歌唱家,她只懂脚下这片田。

阿花是我直系家族里唯一一个至今还留在故乡的人，她不曾出过远门，人生前六十年跑过最远的地方就是县城的女儿家。阿花有很多田——稻田、菜田和果田，每次我回村子里，她就会提前拔上成斤的芥菜，炖上老番鸭，等我到家就端上桌子。阿花家的房子是典型的当代农村自建房，三层小楼，欧式外观，浮夸到不行，一砖一瓦都想凸显贵气，里面装修也贯彻统一，连餐厅都有一盏华丽的水晶吊灯。房子大约是十年前建的，为了这个母亲还和父亲大吵一架，因为父亲没有跟她商量就把旁边我们家宅基地的份额转给了阿花。她们全家刚搬进去那会儿，母亲总爱拿这事揶揄父亲几句。

阿花是四姐妹当中唯一一个长得像我阿嬷的，不仅长得像，性格也和我阿嬷一样总是温温和和的，笑的时候带着一股纯朴的傻气。我从没见过她跟谁急过眼，除了许坤。谈到许坤时，阿花就变回了二姑，她脸上的皱纹瞬间拧成刚磨过的尖刀，刀刀穿肉。

二姑二十出头就结婚了，生下一儿一女，也就是我堂哥堂姐。生活没有什么大起大落，姐弟俩就这样在村子里粗糙长大。堂姐二十五岁那年，二姑开始给她物色对象，原因是堂哥当时找了个对象，想要结婚。大姐没嫁，小弟就没法结，当务之急不是小弟先结，而是让大姐先嫁。堂姐自然不情愿，但是拗不过全家给她扣上"你可是大姐"这样的亲情枷锁，只得被迫"营业"。二姑托人说媒，在村里乡里介绍了五六个人给堂姐认识，最后都不了了之。"那里面最离谱的还有五十多岁的老头，你敢信？"堂姐回忆道。

父亲知道后，跟二姑说："也没代志[1]，要不然到县城里看看，嫁到县城总比留在村子里机会要多。"恰逢其时，没几天就打听到母亲有个同乡的远房亲戚，家也住在县城里，家中有三个孩子，大哥许强和二姐许琼都结婚了，只剩下最小的儿子许坤没有对象，据说人很老实，内向少言。二姐是英语老师，兄弟俩在城东菜市场里卖猪肉。

我跟着父亲母亲去过一次他们家，巷子深处的小平

---

1 代志：闽南语，事情。

房，进门是厨房和卫生间，水泥地上堆满柴火。也许因为那天是下雨天，屋子里闻不到柴火香，反而带着淡淡的霉味。四面墙都是发黄的土墙，再往前走是他们家的客厅，简单装修，相比前屋明亮了些，但还是局促，可能有对比，进到客厅明显感觉父母松了口气，看起来还能将就。

那天去的时候已经晚上八点多了，许坤不在家，家里只有他爸妈。他爸说："这仔刚好晚上出去玩了，喊他早点回来，这个点还没回来，我再给他打个电话。"父亲说："没代志啦，少年人哪有不出去耍的。"许父许母看起来都特别面善，勤勤恳恳的，许母把茶递给我时，我抖了一下，茶水溅到了裤子上，许母连忙上前擦拭，还安慰我，端着那杯茶喂到我嘴里。我已经上初二了，有点臊得慌。我下意识看了父亲一眼，父亲也回我一个白眼。

客厅有一面斜墙，墙上挂满了照片和各式各样的奖状。有小学的，有初高中的，两张"最佳劳动奖""勇气可嘉奖"是两个儿子的，其他都是二姐的。他爸说："男仔都不如女仔文静、好学习，所以我们家就我老二是做脑力活的。"说完看了下我父母，觉得不太妥当，又找补一句:"但是我们三个小孩都踏实,肯干,能干。"

我们在他家坐到了晚上十点多,许坤还没有回家,但是能看出来我父母都挺满意的。他们觉得男方父母都是老实人,更重要的是家庭条件也不错,因为在那栋平房对面有一栋两层的楼房,是专门给儿子结婚准备的,一个儿子一层。

有新房子,会干活,父母也不野蛮,这三个要素放在哪个时候对长辈们好像都有致命的吸引力。父亲跟二姑说的时候,更是添油加醋,说对方家境优越,那栋楼房的装修看起来也是下了本。二姑听完也很满意,心头上的石头总算落了地,恨不得许坤明天就可以上门当女婿。

接下来的环节懂的都懂,两个人留了电话见了面。隔了段时间父亲问堂姐处得怎么样,堂姐说:"看起来人还可以,就是不咋爱说话,见面有时候挺尴尬,就自顾自地在边上抽烟,烟瘾还挺大。"我父亲说:"不爱说话多好呀,也不会油嘴滑舌的,只干实事。"在闽南风俗里,媒人撮合成了,新婚夫妻就会提着一整个猪脚上门感谢,不知道父亲是不是着急吃猪脚,感觉任何缺点他都有办法合理化。

我第一次见到许坤是跟母亲去菜市场,母亲用头指了指,说:"喏,那个就是你堂姐她尫。""尫"在闽南语是老公的意思,神明的闽南语也是尫,庙里跟家里,女人都要伺候着。

我顺着望过去,那个男的正在拿着肉刀给客人剁排骨,不知道是不是剁得太专心,头往四十五度角偏,满面油光,眉头紧皱,好像在和案板上排骨对抗,整个人消瘦,走近看嘴边残留着一丝唾沫星子。母亲嘀咕:"太不讲卫生了,哈喇子不擦掉留着洗肉用的是吧。"走到摊子前,母亲突然变脸,笑着对我说:"这是你未来姐夫,还不叫一下。"我叫了声"姐夫",他应了一声,嘴角的唾沫星子又往外"细水长流"了一下。

隔了小半年,二姑觉得两人处得也不差,就开始催着堂姐考虑婚事了。在这之前,二姑还特地拿两个人的生辰八字去找算卦的算了下,想着如果妥当就差不多定日子。

但是算卦的话里话外还是有所保留，只用"道阻且长，缘尽不追"八个字来唬二姑。二姑让师傅用白话点拨一下，师傅用手指往钱罐里拨了下，二姑掏出十块钱放进去，接着师傅轻飘飘留下一句："意思就是看个人造化，插手的姻缘容易坏事。"

二姑似懂非懂，这不就是插手介绍的感情，怎么临了还不让插手？也不知道是还在正途，还是一开始就错了。

那就不插手了，改督促，办法总是有的。堂姐不堪叨扰，终于在交往的第九个月和许坤结了婚，那天正好是立冬。现在还能从堂姐压在柜子里的影集看到当时每个人的情绪。最兴奋的莫过于我父亲，闽南结婚母舅比天大，再加上这门亲事又是自己撮合的，他当然笑得合不拢嘴，那张嘴大得甚至可以塞下两个猪脚。二姑穿着一件红色的毛呢大衣，在合影里也笑得特别灿烂，那天她开心到还借用酒楼的设备唱起了卡拉OK，跟后来堂哥结婚呈现出来的完全是两个模样，不过这是后话了。堂姐结婚后不久，堂哥就和对象掰了，去外地打工了，这个婚结着结着就忘了初心。堂姐就显得镇定沉稳许多，感觉像是来参加别人的婚礼。至于许坤，影集所有的照片里已经看不到他的脸了。

婚后堂姐夫妻俩就搬进那栋崭新的楼房，除了和父母同吃，其他时间就过小家庭生活。许坤还是白天在市场里卖肉，差不多了就收摊回家。开春有一天，许坤回到家，堂姐一手拿着手机，一手拿着根验孕棒，有了。堂姐本想着逗一下许坤，顺便记录下他得知要当爸爸时的那份雀跃，哪知许坤连连确认之后，反应木讷，甚至眼神有些飘忽。"我那时甚至都在想该不会他外面有人了吧，正常男的怎么可能是这种反应。"堂姐说道。

二姑隔天就从村里提着一只老番鸭来看女儿，用一个生命的丧失庆祝一个生命的诞生，俩亲家见面脸上溢满灿烂，连眼角的褶子都在发油光。二姑说，好代志，欢喜噢，马上要有孙咯。许母接过话头，都欢喜，香火续上了，菩萨保庇[1]。

---

[1] 保庇：闽南语，保佑。

"男人家想玩,突然有个孩子,自然会惊到,你做女人家的不要老是疑东疑西。"二姑替许坤奇怪的反应解释道。其实他们结婚那几天,二姑心里还犯嘀咕,算命的说插手会乱事,按理说他们也是自愿结婚,自己也没有硬来,天公伯要保庇,两人能好好过日子,能生个孩子就好。现在孩子有了。日子也过得挺好康[1],这事看样子也能翻篇了。

大暑节气,堂姐怀胎四个月。南方三天两头都是雷暴雨天,很是锋利。这个季节害虫顺着雨滴潜伏在庄稼里,田里暗潮涌动,不太宁静。

正在家熬绿豆汤的二姑接到了女儿的电话,刚刚"喂"一声,对方的啼哭应声而起,外面的雨声都没法盖过电话里头的哀号,片刻间,对方把电话挂断了。二姑慌了,她把家暴、流产等所有情况都想了一遍,她先拨通了亲家母的电话,让亲家母上楼看看;又拨了在县城我父亲的电话,让他去家里,想着要是被打了,娘家人还能给主

---

[1] 好康:闽南语,一般用于描述生活幸福。

持公道；最后她给儿子拨了电话，嘟嘟两声又把电话挂了。做完这一切，她换了双鞋，披上雨衣，骑着摩托车就上路了。

堂姐后来回忆，母亲到自己家里时神态狼狈，虽有雨衣披着，却浑身都在淌水，前额的发梢湿了一大片，发根上的水珠子不断流进眼角。

不是家暴，不是流产，是许坤被抓进去了。

堂姐说，那天一大清早她躺在床上，突然接到了一个陌生号码的电话。对方自称是县派出所，她以为是诈骗电话，挂掉了，对方又打过来，电话那头报了自己的名字和个人信息，接着说："你是不是许坤的家属？他昨天嗑药被抓进来了，你抽空要来所里一趟。"

堂姐根本不敢相信。是从什么时候开始的？结婚之前还是更早？她一概不知。甚至许坤在被抓的头天晚上还告诉堂姐，自己的朋友在隔壁县开了个饭店，生意太好，他想着第二天过去看看，可以的话自己也去那边跟着干，赚得更多。堂姐答应了。

很多年后我问二姑当时是什么样的心情，二姑说自己完全不了解许坤做的具体是什么事情,只知道他犯了错,违了法,干的勾当还伤身体。"你说怎么会有人那么混账,自己的女人还怀胎在家。我当时就觉得造了孽,不该不听算命先生的话。我怕啊,怕你堂姐肚里的仔受影响,生下来是个怪胎。"

整间屋子死一般的沉寂,只有天花板上的风扇在咯吱咯吱转。许母窝在许坤大姐肩上嘤嘤啜泣,许父跟我父亲来回解释,他们老两口也不知道自己儿子在做这种事,要是知道了,就不可能让他出门。

"我当时是什么都不懂,我也什么都听不进去,这种事后放狗屁谁不会?该怎样就怎样吧,但是我自己养的女仔,我得接回去。"说到这,我察觉二姑表情有些不对,她拿着烟的手在空中微微颤抖,感觉手上的老茧都在暗暗冒着陈年旧火,我赶紧先把话题岔开。

伤疤和痛感有时候不是一起来的。相比之下,那天下午二姑的表现却极度地理智和有条理,她安排堂姐到县医院检查下胎儿情况,让我父亲一同挂个号办个手续。许父也准备动身跟随,但被二姑制止了:"我处理我的仔,他处理他的仔,互不打搅是最好。"

好在检查结果无异常,胎儿没有受到什么影响。二姑心里松了口气,跟着松气的还有我父亲。从医院出来,二姑载着堂姐回娘家了。父亲回来后瘫坐在椅子上频频叹气,平时在家桀骜不驯的大丈夫突然就变成了满脸愁容的小男人。父亲跟母亲说,刚才想载着堂姐去医院,堂姐看了眼他,就坐上了二姑的摩托车后座:"肯定是生气了,刚刚在医院我都不知道怎么去面对我老二,你说本来是想做点喜事,怎么最后搞成这个样子……"母亲接过话茬,说道:"这跟咱可没关系。明天我去庙里拜拜,跟神明悔过一下得了。"我在一旁边吃饭边听着,我以为只有对上帝才能忏悔,原来只要有悔意跟众神都可商量。好巧不巧,那天的晚餐是黄豆猪脚汤。

许坤在戒毒所开始接受改造了,时间不能确定。效果好的话三个月,不好的话要一年,甚至两年。这个时间跨度说长不长,但放在堂姐身上,就等于孩子出生、满月、周岁这些日子都不会有孩子父亲的参与。我问堂姐为什么没有选择这个时候把婚离了,堂姐说:"当然想过,但想着我挺个肚子要去提诉讼,想着孩子一出生就是单亲,想着我要带孩子还要想办法养孩子,还想着离了婚的女人在村里全家都要被看不起,想到这一道道坎,我就不敢了。"

大概隔了一周,父亲载着我去二姑家。堂姐正在灶台煮中午饭,见到父亲也只是礼貌性地喊了句"阿舅"就继续烧菜了。父亲也是有些"心虚",没有再往下攀谈。二姑还在田里没回来。客厅里留下我和父亲面面相觑。父亲从茶罐里舀了勺茶叶,自己泡起了茶。刚刚烫完第一泡茶,二姑就回来了。她把身上的撒药壶搁在了楼梯口,换了双拖鞋,一屁股坐在父亲的对面。我有段时间没见她了,她整张脸没有血色,疲惫憔悴,前额多了好多根白头发。父亲倒了杯茶给她。

"阿云咋样啊?"父亲起了话头。"不好,除了做饭吃饭,其他时间都在房里躺着。"二姑答,"你说姑娘家还这么幼齿[1],就遇到了这样的事情,那算命的也是灵。唉,只能说前世孽债没还完。"二姑转了转茶壶手柄,给父亲倒

---

[1] 幼齿:闽南语,年轻。

上一杯茶。这人啊,有时候就跟田虫一样,没有留心看,就以为都挺好。二姑说这话时眼神飘在墙角,像是对墙说,又像是对谁说。

不得不说,二姑是有智慧的,土地的智慧。父亲那天愣是没敢留下来吃饭,带着我在街边牛肉面馆解决了午餐,面条滑溜溜,父亲的脸灰溜溜。

腊月二十三,南方的小年前一天,也到了一年中最冷的时候,街上年味渐浓,红彤彤的,非常喜庆。有卖对联的、卖日历的,还有卖灶王爷画像的。闽南人但凡信道的,家里厨房都会供奉个灶王爷,初一、十五定时祭拜。"上天奏好事,下地保平安",传说小年这天灶王爷会回天庭禀告这一年这个家的喜事,等到年初三重新回到人间开启新一年的工作。兴许是怕堂姐家灶王爷上天庭不好汇报工作,肚里的娃娃先跑出来邀功了。

腊月十六,堂姐在县医院生了,是个男娃。二姑在医院已经陪了些天了,父亲也会提着午、晚餐过去替一替。本来许母要来做这个工作的,被二姑婉拒了。二姑说等回头生完出院要回县城家里住,你还有得忙。推进产房那天下午,所有人陆续赶到了医院。大家脸上都泛着光,一种黯淡了很久的光。产房外的二姑一边等着,一边抹着泪小声哭泣,每滴泪珠子都点在了过往的弦上。堂姐被推出来那一刻,二姑的号啕声漫过了整条长廊,连医生都在自我怀疑,应该说清楚了是母子平安吧。堂姐结婚那天二姑没哭,许坤出事那天二姑也没哭,但那一刻脸庞上的奔涌是真的,有些泪水只有二姑自己才懂。

男娃做了一系列检查,都没有问题,大家伙这下算是完全放心了。

堂姐就在县城坐的月子,二姑陪在身旁。我本来想去看看宝宝,被母亲制止了,说女人家坐月子不能见外人。许母办事同从前一样周到,每天鸡鸭鳖汤轮番伺候,赶上过年,饭菜也好丰盛。这些都是二姑每回来我家时说的,说完不忘补一句,婆婆是好婆婆,只可惜不会教。听父亲说许家人轮番去探视许坤,出来的说辞都是许坤很后悔,对不起这一大家子。人啊,都是一心多面,想看哪一面就给你哪一面,父亲说。

堂姐出月子后二姑就回村子里了，堂姐和许坤的婚房被二姑打理得蛮干净，卧房里多了好多小孩用品，贴在窗框上的"囍"字不知道什么时候耷拉下来，没法挺腰做囍，也没人上前拍一拍贴好。堂姐平日在那个小平房里和公婆一起吃饭，吃完把碗筷放进水池，转身就上楼了。母亲有一次刚好在他们家做客，见状回来跟父亲抱怨道，吃婆家的饭好歹帮刷刷碗什么的，咋一吃完头也不回就上楼了。

开春，堂姐准备给小孩上户口，上户口得取名字，一般这事父母两人决定就完了，偏偏当父亲的又不在。堂姐就喊了家里还在读书、比较有文化的我。我到堂姐家时，二姑和许母都在客厅坐着，宝宝在里屋的摇篮里酣睡。堂姐手里端着一本《新华字典》在翻，她递给我，字典边角都起皱了，带着浓浓的饲料味。不出意外，这应该是从她公婆那边拿过来的。"算命的说这小孩五行缺木，所以名字得带木，你快想想有啥字。"堂姐说。

木能有啥？林，杰，桂，杏，杭……

"杭不错，那话怎么说，上有天堂，下有什么杭？"

"下有苏杭",我确实有一些小学文化。

"那另外一个字叫啥?还是单字就好。"

"还是加一个吧,单单杭字太容易雷同了,"我说,"俊杭怎么样,俊俏男孩,以后肯定是特别有才俊。"

"俊……杭,我觉得行,单人旁,提醒自己好好做个人,别乱来……"堂姐此话一出,突然间氛围就不对了,我也没敢出声。

"俊杭确实好听啊,还是得你来,要不然都不懂。"许母指了指我,试图把这个话题盖过去。但堂姐似乎没有接受这般圆场,她说:"行,明天就去办户口,张——俊——杭,中听。"我在当下甚至都没意识到有什么问题,直到瞄到刚刚咧着嘴的许母瞬间收起了笑容,面色黑红,然后以煮饭为由飞速跑下楼,这才反应过来,堂姐想让孩子随母姓。堂姐的眼神有种得逞的感觉,好像这个场面已经排练过很久了。坐在一旁的二姑略显尴尬,佝偻着背,轻声问堂姐:"这小孩上户口还是……要跟他爹姓吧?""跟个屁,他爹早就死了,他以后都不能靠近那个男的。"堂姐讲完便径直走入卧房。我还没从"我有文化"

的得意中走出来。我跟二姑说,我先回家吃饭了,后半句没说出来的话是:这事太精彩,我要赶紧回去说。

冠父姓还是冠母姓,在宗亲文化尤为盛行的闽南是极为讲究的事情,而且家庭关系矛盾越大的越在意,姓什么就决定将来进哪一本族谱,这个人活着能够光宗耀祖,死了也能相亲相爱。

许父刚回家就面露不悦,许母应是着急忙慌地早把这事一五一十告诉他了。这是二姑那天晚些时候在我家描述的,八卦当天就有后续,还是当事人回应的,比现在网络上的瓜强多了。许父、许母、二姑、堂姐四人围坐饭桌,相互默不作声,又都藏不住事。吃完饭,堂姐照旧扔下碗筷上楼。二姑知道二老肯定要说什么,没有一起上楼,起身帮着收拾碗筷,许母拿过二姑手里的饭碗,示意她坐着就好。许父开口:"亲家母,下午的事我都知道了,我家儿子确实不是东西,但我们公婆俩对这个儿媳都是好生伺候着,从孩子生下来坐月子到现在,吃啥喝啥都熨熨帖帖。现在阿云要孩子跟娘姓,这不是断了我家香火,是不是啊?"许父没给二姑留话口,继续说道:"你听我说,坤也快出来了,阿云想离,我们没意见。孩子给你们养也行,每个月要抚养费我也能给,但孩子只能姓许……我就这个要求。"

二姑本来还有些歉疚,许父这一番话却惹得她恼火,她回道:"亲家,你这话有失妥当。我也和你讲实在的,你儿连这个孩子都没见过,跟娘姓也不成问题。你说离婚带娃倒是轻巧,你儿出来吃香喝辣,还可以出去连骗带嫖。阿云这辈子就完了啊,男人家造的孽,凭什么苦的是女人。"

二姑虽是小学肄业,但是这等发言有理有据,条理清晰。不仅如此,二姑还给出可行的解决方案:"我跟许坤他爹说,这事我可以慢慢跟我女仔说服,但有几点要求,一来许坤出来必须回村里,回来先去村头的土地公庙里跪拜发毒誓,再沾那东西,他这辈子都不得好死;二来他找个厂或者看田都行,不许离开村里头;三来他们一家三口都过去祖宅住,回去后他住祖宅一楼,他们母子还住二楼,除了吃饭,他许坤暂时不要接触他们母子俩。如果这些不能答应,他许坤就继续窝囊,他们娘儿俩我都带回去，孩子改姓张，我们两家不再往来，也甭想离婚便宜了他。"说到这里，我明显地感觉到二姑的语气就像翻滚的海浪一样激动，接着是撞到礁石之后的死寂。我俯身趴在过道上想看看怎么突然没声了，原来二姑在抹泪，坐在对面的父亲看着电视佯装啥事都没发生。

二姑所谓的祖宅是之前她公公婆婆住的，二姑婚后就一直住这，堂姐和堂哥都是在这里出生的。房子不大，原本只有一层楼，一间客厅、一把藤椅、一台电视机，电视机上方还挂着公婆的遗像。两间卧房挨着，一间给二姑和姑父，一间给俩孩子，给孩子的靠里头，进出都得经过二姑那屋。房间隔音不咋地，薄薄的墙板，随便一喊就能听到。后来堂哥出门打工，这间房就归堂姐了。还有一个半露天小仓库，仓库里面放着黑色的尿桶，起夜小号在家里头解决，大号就得去村口的公共茅厕。我很小的时候跟我母亲在那里住过一晚上，小孩尿尿多，晚上睡着睡着就想上大号，我把母亲叫醒，母亲再把二姑叫醒，提着手电筒三人就往茅厕前进。大冬天风一吹，茅厕又冷又吓人，令人屎意全无。这么些年，村子里家家户户都盖起了二楼三楼，大家会互相攀比，谁楼高谁有面。二姑沉得住气，一直等到堂姐准备结婚才琢磨起盖楼，想着以后女儿一家回来有的住，也刚好让儿子以后成亲时候有点底，不寒酸。楼梯倒板，划了三间卧室，托人做了两张床，还顺带给一楼抹了白墙。堂姐那会儿大着肚子回家，怕行动不便，还是住在一楼的卧室里，倘若许坤回来了，就住在那间卧室。

许坤出来的那天，户口本上已经多了一个"许俊杭"。许坤出来前几天，二姑已经提前导好了戏。一通电话给堂姐，让她带着孩子回村里住，以免许坤到家有阖家欢的错觉；另一通电话给亲家，先替他们高兴能见到儿子，再提之前的口头之约，说自己就在家等这个男人登门了。

许坤回家四五天后，有一个晚上跟着许父来到我家。来之前他们还打了个电话通了气，即便如此，我也能明显感觉到我父母的慌张抑或是烦躁。一想到等会儿来家里的人刚刚从牢里放出来，就满满的晦气。母亲招呼我吃完饭赶紧上楼写作业，人没走就别下楼，边说边把我杯子里的水倒满。我已经预感到待会儿场面之血腥、剧情之好看，扒拉完碗里的饭，拿起水杯赶紧冲向二楼。本来没太期待，但动静之大还是让我蜷缩在走廊里，生怕错过一些精彩片段。

许坤一进门就当着我父亲的面跪下，接着大哭："阿舅，我错了，我该死！"许父站在一旁没动。父亲起身扶起许坤，让他不要这样，示意他去坐下。我的"机位"斜过去刚好"直拍"到许坤的座位，许坤脸上挂着泪，还一抽一抽的。父亲让他冷静下，把手边泡好的茶端给许父，接着把自己茶杯也斟满，之后就歇手了。许父把自己的茶移到了坐在对面的许坤跟前，父亲越过许坤看着斜前方的电视，说道："你不用来找我认错，这事没有那么好化解。你要跪先跪你父母、你妻儿，还有我的亲姐，也就是你那岳母，跪也不够，"父亲抿了口茶，"这两年造的孽，就算是死也不足惜。"说这话时父亲脸上没有任何波澜，许坤的泪也干了，随即脸上泛起了死皮。他比几年前我在肉摊上见到时更瘦了，虽然在里面待了不到两年，却感觉老了十岁。唯一不变的是嘴巴永远微张，永远感觉有唾沫呼之欲出。许父分了根烟给我父亲，又分了根给许坤，说道："这畜生确实不是人，也怪他那帮狗朋友，这一世再不好好做人，我也就没你这个儿子。"父亲没搭茬，把烟撂在了扶手上，眼神挪到了许坤身上："这玩意儿还接得这么顺手，刚刚是演给我看的？"许坤进门之后没有正眼看过我父亲，眼神一直都掉在地上，听到这话，偷瞟了一眼我父亲，然后把刚刚接过手的烟放下了。二楼走廊上的石砖还挺凉的，我有点想打喷嚏，但是我不想破坏掉楼下这种戏剧张力，用手摩擦了鼻孔，提醒它看清时候再打。

　　许坤说自己也是被朋友拉入伙的，以前老爱在一起玩。一开始接触，他们都说这是糖果，吃了能放松心情，不会有任何副作用。后来发现自己已经离不开了，没有这东西浑身就没劲，他也知道是什么了，但是晚了。和堂姐快结婚那会儿，他也尝试过把它戒了，但瘾虫上身时，什么都顾不上。结婚那天的礼金他和堂姐提议按各自的亲戚分别保管，还说有一部分要作为宴请宾客的补贴还给父母，堂姐也答应了。后来到自己手里满打满算六万块钱，拿了一万给父母，剩下五万块钱不到一个月就挥霍完了。

他开始打婚房柜子里珠宝的主意，但是怕做得太明显会引起堂姐的怀疑，便作罢。不干正道，但钱得从正道里要。朋友开始给许坤出招，让他跟老婆说要做餐饮生意，政策也在全力扶持，先把钱搞到手，才能越吃越有。哪知刚刚准备开始铺垫，就被真政策一锅端了。被抓的那天晚上，他正和朋友在县城一家一晚几十块钱的旅馆里嗑得上头。戒毒所的日子也不好过，他每天遭受戒瘾和愧疚想家的双重精神折磨，睡不好吃不饱，没有一刻不在懊悔。"现在出来我就想好好过日子。"许坤跟我父亲忏悔，"舅，我想让阿云回家里，在城里面我可以继续卖肉，阿云就在家带孩子，你能不能……帮我劝劝她？"

许坤在戒毒所一年多里，堂姐回娘家的次数可以说很高频了，每次回来都要长住，少则半个月，多则三四个月，而且结完婚之后都是一个人回娘家，最近多了个孩子，但村里头从来没有看到这家女婿上门过。三言两语早在村里头传来传去，有说堂姐结婚之后把自己丈夫克死了，宁愿当寡妇也不敢再婚了；也有说堂姐腹中的孩子畸形，被婆家抛弃了才回的娘家。这些传言二姑不是没听过，大家明里是好街坊，暗里关起门来都快把这家窝捅烂了。还好二姑家房子不挨着其他家，不然隔着墙就能被硌硬死。房子不挨着，但是田却挨着。有一回二姑在田里正施肥，肥料一片片地撒，一撒撒到隔壁张婶家的田里，按理说这事再正常不过了。但兴许那天活多累人，张婶看到了，没好气大喊一句："花，你看着点，肥撒你自己田就行，别跨到我们家了，我家儿子还要娶老婆呢。"前言不搭后语，二姑拿起锄刀和桶子："你放心吧，撒到你家你儿子也能娶能生，但是谁会嫁就说不定了。"说完就往自家方向走。张婶这个理二姑不是不懂，但要装不懂，这事才能完。不委屈是假的，到家二姑拿起电话就拨给我父亲一顿哭，哭的也不是哭张婶的话，哭的是这造化。

许坤来二姑家报到已经是从戒毒所出来半个月后了，是许父骑着摩托车送过来的，当然也都事先通了气，到的时候刚好是晚饭时间。堂姐已经提前把一楼房间腾出来，早早煮了面条，吃完上二楼没下来过。饭桌旁，也就是客厅里只有二姑和姑父两个人，许坤一进门重演前几日见我父亲的场景，进门就跪在地上，不过和前几日也有不同。"他那天是跪下加磕头，人头碰着石头，声音清脆得很。我没理他，他就在那边跪了大半个小时，最后他爹打个圆场，说什么'不是跪就能解决事情，往后还得好好孝顺你老丈人丈母娘'。说完就扶他起来了，自己的仔自己还是疼。"二姑回忆道。

那天二老出奇地克制，没有大发雷霆，更没有将许坤暴打一顿，只是当着许父的面，告诉许坤住哪间房，从明天开始一起跟着跑哪些活。如果做不到这些，也可以回自己家去，不离婚，但从此两家也无瓜葛。规矩是说给许坤听的，话是朝着许父说的。许父走后，二老再也没有和许坤交谈半句，堂姐待在楼上也没下来过。

许坤第二天赶早起来了，二姑听到隔壁动静也被吵醒，出来看了一眼。客厅烧着水，人在灶房里淘米煮粥，也不知是睡醒了还是没睡着。早饭吃完，他便跟着上路干活。傍晚回家之时，堂姐正抱着孩子在院里溜达。阔别一年多，这是许坤第一次和妻儿见面。他走向前想抱抱孩子，堂姐三步并作两步往客厅里闯。街坊邻居正从田地里往家赶,刚好撞见这个戏码,纷纷八卦起来,原来这家的女婿没有死啊。不出意外,村里头的传言又要出新版本了。

许坤在二姑家就这样住了小半年,刚开始挺不受待见,白天跑活,偶尔下田,晚饭时可以看看自己儿子,吃完饭堂姐就往楼上躲,他也无聊。自从出来后,他不仅换了新号码,还配了台老人机,不干活的时间只能看看电视,或是到村里遛遛。后来时间一久,家庭气氛也渐渐有所缓和。虽然打心眼还是看不上,但他又是孩子爹,二姑说道。孩子爹也能抱孩子,但孩子娘没有重归于好的意愿,夫妻间的交流特别少,主要表现在堂姐的爱搭不理。两人有点互动,基本就是家里刚好来客人,为了不让村子里的闲言碎语传得有板有眼,至少得做做表面工作。"我本来想劝她重新过日子,一提这个她就很反感,说什么本来只是对那男人有怨,现在是对整个家都很失望。"二姑说。

同年入冬,堂哥从南京做生意回来,和他一起回来的还有个女人,叫买慧。买慧是安徽人,第一次来我家时,就非常热情,一会儿喊我父亲"舅舅",一会儿喊我母亲"舅母",还没过门嘴就特甜,弄得我们全家不知所措。堂哥跟着村里一帮人出门做水果批发生意,去过海南、浙江、江苏各地,买慧就是他在南京的批发市场上认识的。这次回来,就是打算见见父母,回南京就扯证。按理说这两年家里晦气事太多,儿子结婚可以冲冲喜,但这门婚事让二姑头疼了。

买慧大了堂哥整整九岁,离过婚,还有个在读小学的儿子。虽然儿子判给了前夫,但这几重身份叠加在一起,对一辈子活在村里的二姑来说可是相当震撼。堂哥一直跟二姑保证买慧人很好,而且将来两人结婚也会要小孩,还说买慧父母非常喜欢他。可不吗?有这么个壮小伙儿要接盘,搁谁都喜欢,二姑心里想。她打心里还是没法接受,大小伙子找了个二手的,生个儿子都能和爹当兄弟,这不得从村头被笑话到村尾。一个犯了法的女婿,一个离过婚有孩子的儿媳,这在二姑眼里就是一样的,她不明白自己本分地过日子到底是哪里出了问题。没有答案就去庙里问月老,掷卜问,没想到月老给了这段姻缘极大的肯定。想了再想,既然月老没反对,自己也不好说什么,而且儿子常年在外,也不用怕村头村尾议论是非,剩下的,当母亲的也能替儿子受着。不就是被说吗?这两年也习惯了,多张嘴的事,索性就同意了。

堂哥和买慧回南京不到半个月两人就扯证了。到了过年,两人提前十天回来把婚宴给办了,对方家只收了点彩礼意思一下,给过来的嫁妆也可以忽略不计。虽然娶媳妇进门应该风光一些,可还是怕挨不住人前人后的审视和询问,婚宴就在村里头办了。院子里支了个红色大帐篷,架上白炽灯管,摆了十张桌子,从镇上找了位厨师,就这样礼成了。那不仅是堂哥买慧首次面对亲朋好友,也是堂姐许坤的合体亮相。那一天,加上俊杭,一家七口,加上我父亲——这个结婚当天比父母地位还高的大娘舅,在冷冷白光中和世界交杯,连买慧身上穿的自带的大红旗袍都没有什么血色。幸亏宴席结束,不知道谁买来的烟花,炸到空中才显得有那么些喜庆,这个家太缺烟花了。

过完年之后,堂哥和买慧准备回南京,堂哥本来想把许坤也带上，正好那边需要有个人手来做搬运清点工作。许坤答应了，堂姐也答应了，但是二姑拒绝了。"还是老实待在这吧，哪都不要去，大城市花样多，过去了指不定又犯错误。"二姑边说着边把柴火丢进炉灶中，"如果再犯错，我就把你舌头割下来喂狗，你爱去哪去哪。"许坤和堂哥听到这话，都愣在灶房里，那是许坤回家小十个月以来听过的最狠的话。话虽狠，更狠的是二姑笑着说的。当时没有多想就顺口说了，哪里当回事呢，二姑跟我回忆道。

次年五月，许坤住在丈人家也一年有余了，俊杭也快两岁了，从最开始的爬到慢慢能站起来，再到走起路，小孩的成长也在融解这个家昔日的不堪，许坤好像也慢慢站起来了。那一年，老家的乡镇被列为"工业示范园区"，一大批制造厂都被引到镇上，大量的岗位在招人，这让一年多来能吃饱饭但没钱花的许坤心动了。他随即找全家人商量，想去玩具厂里做流水线工人，计件工资，一个月算下来工资可以有三千到四千元，多做点甚至能拿五千元了，还包吃住。他说他很想赚钱，这样孩子的花销自己也能出一份力，总不能一直靠老人养着。而且厂子离家不到两公里，月休两天也能回来，如果不放心，随时都能到宿舍里查岗。二姑听完，心里合计了下许坤这一年多在家的所作所为，也算是踏实有心，总锁在家里也不是个事，也就答应了。但是有一点二姑没同意，她让许坤把家里那辆老破旧自行车拉到镇上换个胎，每天骑着去上班，下班就回来，别住厂子的宿舍。

许坤也就进厂工作了，每天规规矩矩地上班下班。第一个月领了三千多工资，很骄傲地全数交给二姑，还说自己欠了太多，以后会慢慢地补上。第二个月领了五千多块钱，许坤拿了两千块重新买了部智能手机，说是厂里面的通知信息都得用QQ群，自己的老人机没法操作。而且买了智能手机，自己有空还能上网学一些知识，到时候厂里面要提干说不定就有机会了。他还怕家里担心他会和以前的狐朋狗友联系，一再许诺自己把那些人的所有联系方式都删了，如果有任何纠葛不得好死。二姑起先是犹豫的，耐不住许坤天天磨，觉得利盖过了弊，便答应了。

十一月。闽南人冬总是特别孩子气,寒气仿佛埋伏在万物已久,看似都准备好了,但是等它来临时,人们还是会怨叹这么一时就变冷。许坤在厂子里待了小半年,兢兢业业,下了班回来帮忙砍柴烧菜,吃了饭晚上就在客厅里带带孩子。除了手机钱和每个月自己留个两三百元的零用钱,剩下的都给二姑了。相比一年多以前,从能干到会赚,许坤像是完成了对这个家以及对自己的救赎,连堂姐对他的态度都慢慢变得开朗了。小俊杭开始会咿呀学语,先叫"妈",后来又会叫"嬷"。

许坤没有回家那天,是二姑给我父亲打的电话。她让他到许坤家里看看许坤是不是回家去了。按往常来说,厂里下午五点半下班,许坤六点前准能到家,但是这会儿已经快晚上十点了,依旧不见人影。一个大老爷们失踪不打紧,但是许坤失踪,全家人立马紧了弦。先是去许坤的厂里,再到宿舍,包括问了他的同事都没有找到,电话也一直处于没有信号的状态。许坤也没回家,于是我父亲、许父、许母骑着摩托车就往二姑家赶。

二姑家的房子在村里主干道岔出去的一条辅道旁,

房子两边都是田地,与其做伴的是远处矮小的土地公庙。田地往深处走,就是上山的路,沿路是漫山的柚子树,一到冬天,有些人家会套层薄膜,远看好像裹上一条条廉价围巾。到二姑家时,堂姐彻底失控了,在客厅冲着我父亲、许父、许母嚷道:"是你们把我这一辈子毁了!"二姑笨拙地环抱住自己的女儿,劝她先冷静冷静。他们兵分几路找,都清楚找的不是人,而是一个答案。发现许坤时,他正躺在后山半山腰处,那层薄膜盖在他身上,旁边还放着十几瓶空啤酒瓶,面前还有两座土坟。我父亲刚发现他的时候,以为是见鬼了,有人从坟里跳出来。再一看,还不如见鬼。他去碰了下许坤,许坤没反应;之后再拍了拍,许坤睁开眼睛半醉半醒,借着满嘴的酒气,全招了。

按二姑的话说,狗改不了吃屎,烂种就憋不了好屁。他又跟那些朋友联系上了,虽然是删了联系方式,但那几个号码一直牢记在心。他们来找他了,一场蓄谋已久的双向奔赴。和许坤一样,那些朋友陆陆续续都从戒毒所里出来了,有些人重新学着抬头,当然,也有些人并没有想过抬头，还垂涎欲滴。那晚无论父亲怎么生拉硬拽，许坤愣是不走，甚至还将父亲推倒在地。他说他自己没脸回家，也改不掉，本来就盘算着在这里想通了，想通了就从这跳下去一了百了。"我听你阿爸这样说，就知道那狗东西在放他×的屁，干你×，从那跳下来根本就死不了，还不如让那两座坟的主人把他带走呢！他就是在跟你阿爸装呢，想着卖卖可怜，回家有人可以帮忙说说话。"二姑的吐槽让我忍不住笑出声来，我问："后来呢？"

后来我父亲看许坤走路趔趔趄趄，从背后给了他脖颈一击，许坤就瘫倒在地。我父亲把许坤抱起，想载着他带下山，无奈许坤整个肢体东倒西歪，不受控制，父亲只好用摩托车后面的牵引绳把许坤环绑起来，我都能想象到那个画面，好似从山上往山下运一具尸体。许坤被抬到了客厅，堂姐已经被二姑招呼上楼了。二姑回忆道："他爹上去就扇他巴掌，他娘一边哭一边想摇醒他，我让他们都别动，那天晚上我们几个一句话都没说，就坐在客厅等他醒。"半夜里四点多，许坤睁开眼，开眼那一刻他也算开眼了，几双眼睛都同时盯着他，二姑看着他说"醒了"，带着笑说的,起身去灶房里拿了把菜刀,放到了许坤面前,说:"割下来咱两家就清了,天亮我该坐监去坐监,你自己来还是我来。"

"我知道在座所有人都被惊到了,他娘要去拿菜刀,我说谁拿我砍谁,她不敢动了,就在那哭得屋顶都快塌了。"二姑说,"我和他在那僵持了很久,我给他时间,我说想好了就割,割完了就能喂狗。后来我见他不动,我就拿起刀,他娘在旁边跪下来给我磕头,磕得比他许坤放出来后来家里那一次更响,当娘的是真可怜。"二姑抽了口刚卷的烟:"他许坤估计被吓得不轻,从椅子上跟子弹发射一般往外跑,在村子里喊救命,喊杀人啦,他们一家就跟着跑出去了。你阿姐从楼上跑下来扶我时,我整个人已经没力咯,我问你阿姐孩子睡得好吗,听到很好后我就晕过去了,我感觉自己应该要死了,我也觉得能死了。"

二姑从床上醒来,头件事是打电话给我父亲,嘱咐他去许坤家瞧一瞧人有没有回去,要是在家,就喊警察把他抓起来。父亲没有照做,他只是给许父拨了通电话,劝他带着许坤去回炉再造。隔了五六天，许父又给二姑打来电话，说已经带着儿子去自首了。再后来，二姑让堂姐去申请离婚，让我父亲帮忙协调手续。离婚证下来那天，堂姐和二姑杀了只鸡在家庆祝。我问二姑："离了婚，等他出来不是便宜他了吗？"二姑目光平淡，叙述的口气又变成了平日里的阿花："说是这样说，但那结婚证只要在，不还是把这段姻缘锁得死死的。孩子有人疼，我女仔也会再嫁，看我媳妇你阿嫂就知道。至于什么被说闲话那些的，都不重要。大家好新鲜，能给人说一年，还能说十年？家家户户都有难，免怨啦 。"许父许母让堂姐随时回城里自建房住，说那里就是她的家。许坤再出来时，俊杭已经开始在城里上幼儿园了，许家女儿已经在市区里买了商品房，三楼空出来，便让许坤住了进去。二姑还嘱咐堂姐："如果许坤下楼要跟孩子玩，得给人看，别让小孩缺了当爹的那份情。"

俊杭今年读高一了，长相很像我在菜市场第一次见到的许坤，不流口水版。十六岁不到，但已经比我高了一个头。我每次看到他都要拍拍他，和他说："你这个名字是我给你取的嘞，我是从肚子里就看着你长大的呢。"这话多少有点长辈的压迫感。小孩越长大越内向，说话总会看我堂姐的脸色，多数时候非常沉默，我想这些年他一定没少在母亲与父亲之间周折。我偷偷问他："在家会不会有情感压力？"他好像秒懂了我要问啥，点了点头，说："以前压力更大，自从我爸离开家，我轻松了许多。我喜欢待在我外嬷家，外嬷一直说我爸还是我爸，还有阿公和阿嬷，都要孝顺的。"两年前，许坤和家里，包括堂姐和俊杭说想去大城市闯一闯，之后就没回家了。但每个月孩子的生活费都会定时打到堂姐的卡里。

阿花正准备把衣服装进行李箱，摆弄了好一会儿才把那个卡扣打开。三月南京的樱花开了，堂哥让她去待一阵子，家里的田她托亲戚看着。"我本来不想去，我连火车都没坐过，更别说天上飞的。你经常出去，那个飞机这样摇来摇去，人会不会晕啊？""姑啊，那飞机啊，比你骑摩托还稳。""你阿嫂上次回来，衣服都不用我洗，她说她自己洗他们一家三口的，我真怕过去会讨嫌。我男仔就难做咯,还有这片田……"我制止了她:"姑啊,别恼了,飞机要坐坐,大城市要转转,城里生活也去体验体验,从今以后啊,你啊,不是娘,不是嬷,没有这片田,你就只当一朵含苞待放的阿花。"

权力的颜色

八九岁时,在政府大院里,我对着正在和旁人聊工作的秦伯伯喊:"给我站在这儿,别动,我要打败你!"周围还围着一群单位里的人。秦伯伯是镇党委书记,幸好他没把这当回事,甚至还配合起我来。现在想起仍然觉得荒唐又尴尬。

我的整个童年生活都围绕着这四四方方的政府大院。我家前两辈也都是吃政府饭的,我阿公当过镇党委书记,算是那一辈里挺大的官。从我出生起,就感觉他特别有领导的架子,每回见到他,我都有点害怕,很难与他亲近。后来阿公退休,因为当时的政策,父亲便接替他进入了机关系统。我大姑常说:"幸亏有你阿公,不然你阿爸这辈子可能要在社会上当个混子。"在20世纪八九十年代,能在政府工作意义非凡,饭碗很铁。我们一家三口就住在大院的职工宿舍里,水电房租全免,父亲每个月工资四百块钱权当生活费,日子谈不上富裕,但吃喝不愁。

整个镇政府是围合式设计,一边一栋楼,职工宿舍和单位办公室在一栋楼里。两栋楼前分别并排种着十棵杧果树,每年都能结出好多果实,有时候果子与果子之间还会在一根树藤上争个你死我活,败下阵的那个就会扑倒在地,不用几分钟,便会有认领的主人。收获季节,每次摘杧果都要拼手速、拼技术。政府里面的职工也好,附近的居民也罢,都会拿着一个又一个麻袋,不停地往里装,甚至有人拿到市场上去卖,好生有生意头脑。大概是大丰收时的混乱秩序让人头疼,也可能是当时刚刚调来了个新领导,"新官上任三把火",后来杧果树统一被喷了药、结了扎,从此就成了单纯的十棵景观树。没了果实带来的横财,大院一整年都没有再如此热闹了。大家只看到树上的六便士,却往往忽略了树下也有六便士。我特别爱捡树下的矿泉水瓶子，每天放学第一件事就是绕着大院捡瓶子，一个矿泉水瓶五分钱，大瓶子两毛钱。每周送到废品站，那里的大娘就会给我钱，一个月也能有小十块钱的进账。母亲从不会替我保管钱，我拿到钱后会默默藏在枕头下面。

连接两栋楼的是镇政府的食堂及大会堂。母亲一个月会带我吃两到三次食堂，食堂每样菜都比家里做得好吃，样样油水多，尤其是那猪油炒空心菜，每次食堂师傅在做时，猪油的香味都会顺着排气管飘满整个单位楼。

镇政府每周一会开例会，有一次我在开会时偷偷溜到最后一排暗中观察，本以为会和电视剧里那样正式、风光，但并不是，大家没有穿西装，衣服花花绿绿的，什么款式都有。开会的内容也略显枯燥，整个会场很严肃，只有掌声是齐的。大家都呆坐在各自位置上，全场只有那个拿着开水瓶的阿姨在主席台来回走，先倒中间再倒两边，倒完两边再倒中间。那时我很疑惑，这些叔叔阿姨们怎么和平时判若两人，明明在办公室都是有说有笑，偶尔看看报纸、玩玩电脑的，怎么一开会就显得如此严肃。

大楼旁边还有块空地，后来盖起了公厕，不是现在常见的那种公厕，而是一栋挑高的裸红砖房，loft风格。当时外面的砖墙上还喷绘着标语"少生优生，幸福一生"，公厕楼上是水泥砌成的蹲坑，半开放式格局，现在在很多办公室也能见到这样的格子间。如果你恰巧蹲在了头几格，有熟人经过还得打招呼，不同格子的人之间还能聊起来——厕所社交。一楼有个大池子，专门接受人类的"馈赠"，我时常在想，会不会有人不小心踩空，从那个长方形的洞中跌落，成为池子里的霸主。男女厕是分开的，从男厕的窗口远望过去是一片稻田，稻田另外一边有栋富丽堂皇的房子，建在村口。年长一些，我听大人们说那是个古代在县衙门当官的人的坟墓，那建筑经过几个朝代都不觉得过时，地段也不赖。

我们家最开始住在办公楼的一楼，地势特别低，每到回南天就泛着一股潮气。后来政府把房间征用作为计划生育收容室，我们被迫从一楼搬到了三楼。三楼的方方面面都比一楼好一些，即使回南天也没有那么潮湿，视野也更好。一个大单间，隔成三小块，客厅一块，卧室一块，厨房和卫生间一块。说是厨房、卫生间都有些抬举了，严格来说就是倒板倒出来的一块水泥阳台。窗户是硬纸片做成的，放眼望去也是无边稻田。母亲会把我放在一个红色大圆盆里洗澡，一边洗还能一边听到田里知了在吟唱。但是到冬天就惨了，晚上风一大，甚至连那纸片窗都蠢蠢欲动，母亲只能把那大盆挪到里间，暖和一些。上厕所也不方便，如果是小的，母亲就会抱着我从那纸片与纸片之间的空隙往下"泄洪"，对准的刚好是垃圾场。如果是大的，就得抱到一楼那个loft。小孩屎尿多，后来实在没办法了，母亲便从市场上买了个小壶，我很喜欢坐在那个壶上，因为它放在客厅正对的是电视。有时明明没有这个需求，我也会撒谎以求得坐上观看席位。卧室里还放了一台缝纫机，那是母亲还是姑娘的时候吃饭的家伙，自从开始照顾我之后，她便很少使用它了，偶尔我夜半睡醒，迷迷糊糊看到她踩着缝纫机的背影，伴随从稻田飘进来的晚风，一切都轻轻的、静静的。

我们的屋子在三楼边套，一开门就能看到约二十米的长廊，正对着的另一个边套是镇党委书记办公室。镇党委书记在三楼，镇长在二楼，以前来家里的客人总说我们这栋楼绝对安全，当时还不懂是什么意思，很多年之后明白这个道理的时候，我已经明白很多道理了。这一层十几个房间只住着两户人家，其他都是办公室。镇党委书记姓秦，我称呼他为"秦伯伯"，秦伯伯偶尔下班会从办公室径直来我家。他总是夹着公文包，穿着条纹POLO衫和直筒型的黑色西裤，脚蹬黑色皮鞋，进到家门会蹲下来，和我一般高，揉揉我的脸，摸摸我的头，有时还会把办公室里的小零食拿到我家。如果父亲在家，秦伯伯便会坐下来攀谈几句，父亲也会去里屋柜子里拿一包平时舍不得抽的香烟递给秦伯伯。我很喜欢秦伯伯，因为他的到来总能让父亲的威风减去半分。秦伯伯每次出门，总会有车在楼下等着，有时是一群人上车，有时只有他一个人。有时候上学快要迟到，我坐上父亲那辆嘉陵摩托时，心里就想如果是秦伯伯的车送我就更好了，一来不用遭受冬日清晨呼呼的冷风，二来小车开到校门口别提有多威风了。

　　下午五六点单位下班之后，整栋楼就一片漆黑，非常空荡，尤其冬天的风一吹，显得更加萧条。每年春季家禽病虫害高发,父亲总会频繁下乡出差,家里剩下我们娘儿俩,一到天黑母亲就会关上家门,尽量避免外出。同一层楼另外那户人家的小孩也是我童年的玩伴,我特别羡慕他父母经常不在家,都是他阿嬷在带他。他想吃什么阿嬷就给他买什么,关键是阿嬷做的饭还特别香。有时放学捡完瓶子,我就溜到他家里玩,玩着玩着到了饭点也不回家,阿婆(我喊他阿嬷阿婆)也不好意思赶我走,就顺口问一句:"要在家吃饭吗?"我想都没想就答应了,于是阿婆只能为难地把她的饭盛给我。别人家的饭就是好吃,连炒青菜都比家里的要合胃口。

我的大院玩伴一共有三个,除了同一层楼的这个,还有楼下的一对双胞胎兄妹。我们形影不离,玩在一起,上学在一起,甚至一起偷过东西,还是我带的头。大院里有的人家厨房是用几根钢条简简单单做了个门,有一个周末我突发奇想,决定去偷菜。跟我同一层楼的那个小伙伴最先选择退出,他说他不敢,而且偷东西是可耻的;之后双胞胎中的妹妹也说她要回家,不跟我们玩这种游戏;最后坚定留下来陪我"作案"的只有双胞胎中的哥哥。我们两个轻轻松松钻进钢架，把厨房里的肉菜一扫而空，之后各自分赃，带回家等待父母的夸赞。结局可想而知，我们俩被叫在一起，没有互相推诿，坚定地挨了一顿揍。

那时，"知法犯法"的还有一些大人。千禧年前后，香港的博彩业在内地突然兴盛起来，高收益率也让很多人做起了发财梦。越是下沉的地带，人们越有放手一搏的勇气。那时候，整个镇上暗流涌动，一到开奖日，家家户户就散发着神秘、隐蔽的气息。茶余饭后，大家聊得最多的就是"玄机"，下注颜色区就看《曲苑杂坛》主持人的衣服，下注单数双数就看《天线宝宝》一共跳了几次；更有甚者，看电影频道播什么电影来猜会中什么号码。每次开奖前，综合各种说法，就能听到全部可能性，但大家仍然乐此不疲。现在想来十足滑稽，明明香港是老巢，要猜玄机也应该关注 TVB 才对。身边的叔叔阿姨们会集中到几户人家下注。每到开奖日，里面总是烟雾缭绕，看似做客聊天，实则"酝酿"财富。那两年经常会听到"把家产输个精光""谁谁谁家当家的跳楼"的消息，惨剧不断在身边发生，发家致富永远只是听说。再后来政府开始集中整治下注的行为，最先落网的就是身边的一个大人，罚了一大笔钱。杀鸡儆猴，效果颇佳。原先开奖日围得水泄不通的那几户人家，一夜之间恢复平静，甚至此后大家都默契地对那个被抓的人避而远之，一问都说从来没有参与过，和那些人不熟。只有小孩不懂得撇清关系。

上班时间大院总是人来人往，有镇政府的人、上级领导，有电视台的记者。有一次我看到电视台记者扛着大摄像机正在采访秦伯伯。秦伯伯穿着跟平时不大一样，衬衫西裤，整个人站得笔挺，对着镜头侃侃而谈。我在远处看得入迷，母亲说："别看了，过几天你就能在电视上看到了。"我更兴奋了，心里想：如果我过去站在他旁边，我是不是也能上电视？上电视就能成为明星，于是我忽悠母亲先上楼，然后跑到秦伯伯旁边，一口一个"伯伯"地叫着。他看了看我，没理我，其他职工从办公室出来强行把我抱走。我委屈地噘嘴，秦伯伯有明星梦，我也有啊。

政府大院有个硕大的铁门，出门有条直通公路的小道，小道两边种满了灌木和鲜花盆栽，在我更小的时候，只有这里是绿化最规整、最像绿化带的地方，连两旁的路灯都比公路上的亮得久。后来，鼓励城镇建设，我们镇被列为重点示范区，虽然没有一夜之间大变样，但在很短时间里，角角落落都换上了新装，公路边的老树也不再是邋里邋遢、没有监护人看管的浑小子，那几盏许久未修的路灯也都重新发出光亮，甚至上学要经过的一段地势起伏的红土地，也很迅速地铺上了一层平整的混凝土。在这之前，大家一直默认可能是坡度问题导致修马路难度大，所以才搁置的。城镇建设越来越好，很多轻工业的厂子也陆续落户到我们镇上，越来越多的采访车驶入大院，秦伯伯在镜头前侃侃而谈。他应该很快就能当明星了，我想。

铁门旁有个值班室，每次有陌生人、陌生车辆进出，值班室的大爷就会出来询问是什么人，过来做什么，问清楚了才能进门。刚开始给我们家送奶的阿叔被问完后还能进来，后来不知道为什么，就改成母亲或者我到铁门边上去取。有一次，我看着电视却被母亲使唤去拿牛奶时，气呼呼地对着值班大爷说："为什么不能让他送到我家门口啊？"大爷只当我在淘气，说："什么人都进到大院来，就不安全了，更何况你们家在三楼呢。"当时我也不懂是什么意思，很多年之后明白这个道理的时候，也已经明白很多道理了。值班室也是收发室，里面堆满了各式各样的报纸、信封，信封里面有一些是上级的文件资料，也有一些是群众的来信。一般收信之后再定时分发给各个负责的单位。如果几天没有及时分发，就会堆得老高。报纸是每个职工都要订的，我父亲会在报纸上用钢笔练字，这也是他为数不多的健康爱好。昨日的报纸通常会在今日被折成四方盒子来放肉骨头，再大的事也抵不过温饱。报纸的数量远超骨头的数量，有时堆成山，母亲就会把它连同我捡的瓶子一并送到废品站，新闻变旧闻，五毛一斤起囤。屋子只有一扇高窗，太阳光很难照到里面，但是封闭起来也使得书卷气息更加浓郁，一进门就能闻到那种纸的香。那是个还盖着邮戳的年代，我还试着给部队的堂哥寄过几封拼音信，也不曾问过他是否收到。那时候群众来信可以看到字迹，可以摸到材质，可以感受分量。

　　但这些工作都比不上在传达室放映影碟，那是我最羡慕的工作。一个大概六平方米的小暗间，藏着满柜子的碟片，古装的、革命的、爱情的。房间里面散发着陈味，放映的阿姨会在每天中午十二点和每天晚上六点走进这个暗间，将碟片放进 DVD 的圆盘里，送到镇上每家每户的电视上。除了黑白革命片，其他类型的画质都非常模糊，都没有超过现在的 240p，但不妨碍我一有时间就会跑到那个暗间里，看得津津有味。阿姨甚至会把换片的工作交给我，之后就跑掉，剩下我一人。逼仄的暗间让我有极强的安全感，有段时间阿姨重复地放映革命片，剧里的台词、口号都能背下来后，我便很少再去那里了。除了放映电视剧，还有点歌的环节，谁家结婚、考状元、乔迁，他们家的亲戚朋友就会过来点歌播放，放歌时下面会浮动一行大字，上面写着点歌的人，例如"佳氏农业有限公司祝李家乔迁大喜，红红火火"，一首歌五十块钱，算是巨款，刘德华也没想过他的《恭喜发财》能在一个小镇上如此"暴利"。放映机旁边还有个麦克风，麦的那头连的是镇上的喇叭，主要负责广播事情和科普宣传。喇叭里每次传来的消息都是好事，如镇上产能取得什么突破，有多少厂家入驻我们镇，什么村得到了什么称号等，发出来的声音总给人充满希望的感觉。广播一般会在周五下午五点或者周一上午八点随机播放，有一个喇叭就在离中心小学两百米的地方，有时候去上学的路上听到这个声音就知道要迟到了，完蛋了，广播里全是好事，但我那天不会有什么好事了。学校边那个喇叭下面经常有个断臂的大伯在乞讨，有时他自带的音响里传出大悲的音乐，跟面前铁碗的敲击声交织，总是盖过了广播里的好消息。

父亲在畜牧站工作，朝九晚五，周末双休，每年除了忙开春那几个月，其他时间相对清闲。他白天上班，晚上骑着摩托车就到别人家里喝酒。他酗酒，每次出门都能喝得烂醉，母亲通常哄我睡下，还要在家守着父亲回家。大一些，我见不得母亲的辛苦，有一次父亲回家不省人事，我便从口袋里翻出他的手机，一通通打电话过去质问对方："是不是你请我阿爸喝酒的？！"直到抓住"真凶"，我便破口大骂，对方也被我惹恼对骂起来，一旁的母亲拦都拦不住。过了两天我才知道那是父亲的领导，但意外的是父亲没有因为这件事训斥我。饭局一般都是人家请着去的，父亲从不参加没有一对一邀请他的饭局，就连过年和母亲回娘家，父亲也会冷冷说一句："你们娘家没有人邀请我。"受到邀请代表有面，代表高人一等，代表自己不是主动方，这是我上大学在商务谈判课程中学到的，父亲没有上过大学，却在官场中习得谈判之道。

偶尔我家也是男人们的主战场，母亲在里间哄我睡觉，他们在外面应侃尽侃，侃到兴奋之处还会把脚伸到餐桌上，一个餐桌没啥吃的，全是发酸的"猪蹄"。酒过几巡，喝醉的男人们该回家的回家，该睡觉的睡觉，留下母亲一人收拾残余。"铁饭碗"收拾不了饭碗。母亲常常说这些人都是父亲的狐朋狗友，全是捧臭脚的，有事相求才会费劲讨好。我年少不懂，想到他们喝酒的姿态，以为捧臭脚是字面意思。父亲其实只是个普通的基层职工，并没多大的权力，但是生性爱出风头，总想让人高看他一眼，乡镇这种地方更是人情发酵地，便拿鸡毛大小的权力当道具，所以他的"狐朋狗友"一直在换，但一直有。父亲很享受这种被捧着的感觉，这种感觉一直持续到了父亲去世，那些自称"铁哥们"、三不五时就来家串门的人一下子都消失不见了。

权力最大的作用是能在家庭关系中占上风，我们整个家族都是当官的更有话语权，从阿公开始就是如此。我阿嬷是童养媳，没有受过任何文化教育。两个人的相处状态基本就是一人在客厅，一人在灶台，每天零交流。唯一有那么一点点交流，定是我阿公在数落我阿嬷时。阿公数落的感觉太像领导在给下属训话，尽管我感觉出来阿嬷有不同的意见，有反驳的欲望，但是在阿公的压迫之下，她并不敢多嘴。他们俩之间的关系出现非常严重的裂痕，甚至不留余地。

后来我慢慢长大发现，父亲姑姑他们四个兄弟姊妹对待阿嬷的态度也是大吼大叫，哪怕没有任何不好的事，也不能好好说话。以至于我从小就认为和阿嬷说话就得吼。到了我父亲，最明显的就体现在面子上，他时常会在外人面前贬低我母亲，以此证明自己的家庭地位是至高无上的。他会在客人来家里时，要求我母亲买上好的海鲜和蔬菜，把排面拉到最满，苦了谁都不能苦了客人，家庭的"面子工程"做得非常到位。

母亲原来是个很有个性的女孩，我还小的时候她很喜欢打扮自己，但生活的琐碎和父亲的威慑，都在一点点把她消磨得粗糙，我却后知后觉。不过母亲并不像阿嬷那样逆来顺受，千禧年之后，当她开始投身保险销售行业时，能明显察觉到我们家的权力关系重新回归平衡。

而阿公和父亲两个处于权力上端的人是无法好好相处的，他们在一起就像引子和火柴，一点就炸。他们一直在争夺话语权，甚至可以在我阿嬷去世那天吵得不可开交。后来阿公的遗言里，没有一条是给我父亲的。用亲戚的话说就是"都是嘴皮子厉害"。

但当权力体现在我大姑身上，所谓占有欲就削弱了很多。大姑是自己考编进去的，经过几十年摸爬滚打，晋升到了县里面局长的位置，也是理所当然的。其实我在大院里见过很多女性，她们几乎都是基层职工，负责些文职工作。相比私企、小作坊的女性，她们已经算是比较幸运的，有稳定的收入和假期，可下了班放了假之后还得回归家庭。我几乎没有见过我大姑在家招待应酬。

那个年代的治安问题一直是乡镇的工作重心，小偷小盗、抢劫在当时经常耳闻，我每天都能看到派出所的车进进出出。比较严重的是2006年到2007年间，在山林里头发现了一具女尸，横倒在血泊之中，身中数刀，这一下直接让民众不敢走出家门。当时，从镇派出所到县公安局举全力要把凶手缉拿归案。都说没有密不透风的墙，在镇上这种造谣洼地更是如此。案件还在审理中，相关的传言已经在满天飞，有说这个女的已婚了，在外面还有三四个情夫，也有说这个女的私生活不检点，是被丈夫杀害后抛尸的。真相大白之前，任何人都可以对这具女性尸体做道德审判。后来结果出来，她被杀害的原因仅仅是抢劫犯抢走了她身上一千多块钱，害怕她报警便将其杀害。面对如此简单直接的原因，很多人"大失所望"，都觉得只是政府为了让事情不要太难看而虚构出来的起因，对这名女性是否清白的讨论仍乐此不疲。原本这件事也会和其他传言一样不了了之，但当时镇妇联的负责人拟了一份文稿，跑到传达室一字一句向公众说明，呼吁镇民们不要用唾沫继续淹没一个清白且已故的女人。这不只是一个女人的蒙冤，更是一个家庭，甚至是妇女群体的蒙冤。我不确定这个声音有多少人听到，也不确定在这之后事态是否发生过变化，但多年以后回想起来，才能体会到那股力量、勇气。

我觉得那是广播里传来的最好的声音。

阿公的退休生活在我印象中还挺悠闲自在，常在家看电视，偶尔出门到山边打猎。大姑的退休生活则琐碎很多，先到大儿子家带孙子，再到小儿子家带孙子。但这些都好过父亲没有熬到退休。有人退局就会有人入局，我的朋友阿成从动画学院毕业，有无限的作品梦想，在有一天被项目压得几近崩溃时，他决定听从家里安排去考公务员。激情奋战了两年多，考上了，发现基层的工作不比原来的项目少，落在他头上的重担是层层加码，才发现这份工作并不是一眼望到头的。以前我们无话不谈，现在的我们也会互相关心，但不知道从什么时候开始，我们之间对事物的观点有了一条鸿沟。我挖苦他的思想传统老套，不如以前做动漫时活跃跳脱；他奉劝我不应该对规则如此埋怨，接受才是正确的。我问他对这份工作有什么理想规划吗？他想了想，回了我一句"走一步看一步就好啦"。他逐渐成为我父亲、我阿公那样保守、求稳的人。

母亲在我大学毕业时也不断怂恿我考编制、考公务员，我想大概是我们祖辈两代都沾了一些权力的荣光。她觉得即便刚开始收入微薄，但是能手握实权，就是一个体面稳定的工作。那时候我想起了秦伯伯。

在杧果树还可以被争相采摘的最后一年，我们家对面的镇党委书记办公室重新换了主人，我只听父亲说，秦伯伯被带走了。我问父亲带走是什么意思，会被带到哪里？父亲说："说不定过几天你就能在电视上看到了。"

每个初踏进权力大门的人都是一张白纸，多年之后再回头，总会想人是慢慢变贪婪的，还是在某个瞬间起了贪念。我试着去网上搜索当年关于秦伯伯的报道，但是留给他的只有那斑斑劣迹，他不再可以是个好人。

实在闽南

今年有一次在节目里聊了家乡闽南的神明文化,本意是想让更多外地的朋友了解到闽南很有趣的部分,没想到节目一播出,评论区的攻击多来自闽南的朋友。有温和点的说我不应该把这件事拿来调侃,这是信仰;也有嘴毒的说我竟然在台上讲这个,会得病也不奇怪,可能这辈子都不会有好运了。我有个潮汕的演员朋友也有类似的拜神段子,他看完评论和我说:"我大概知道我上节目会被骂成什么样了,谢谢你开路。"连我那每期节目都会分享到朋友圈的大姑都沉默了。我心里真的哭笑不得又有些害怕,赶紧让我母亲去庙里再帮我解释下。必须很诚实地说,包括我在内的大部分闽南人家的孩子对神明都充满敬畏。我记得我的脱口秀专场里有个段子提到了妈祖，巡演之前我特地跑到了湄洲岛妈祖庙里询问能不能提，去之前已经做好准备了，如果妈祖不同意，我就把这个整段删掉。外地朋友应该没有料到，作品的终审竟然在神明这里。

上湄洲岛那天下着暴雨，等待船出发都等了一段时间，但是到了天后宫，香客还是满满当当，连要问询的圣杯都要轮流使用。我把我的文档打开，把我的巡演城市海报打开，然后对着妈祖默语，把两块小木头往红砖上一掷，一正一反，妈祖同意了，一次就同意了。我激动地看着同行的朋友，她脸上也绽放出惊喜和兴奋。按照习俗来说，每个人每天都有三次问询的机会，神明并不绝对。如果神明第一次没有给你一正一反的反馈，你还可以再商量商量，重新整理一个妥协性方案。神明若是一次同意代表非常愿意，两次同意代表正常愿意，第三次才同意就很勉强了。在电影《周处除三害》中，主人公决定去杀坏人之前先问了关二爷，关二爷连续给了九次一正一反的圣杯，可以见得神明有多坚定。

闽南人在每件事情上都能找到具体分管的神：做生意就找武财神，在哪扎根就去拜访土地公，渔民出海就祈求妈祖保佑。一些事情有神明冥冥中的加持，做起来就更有动力。如果事情特别紧迫，甚至可以和神明谈条件，如果最后事情的发展和人想要的结果一致，就会拿着酒肉来答谢。我以前特别不理解，这也不是诚心朝拜，长大后慢慢明白，神明也躲不过人情世故。

我们家最开始是住在文峰镇，文峰镇最有名的莫过于三平寺，千年古刹。经过多年的开发修建，如今的三平寺是国家5A级风景区。三平寺供奉的神明祖师公，每到过年过节，本地的、外地的甚至是海外的香客，都会慧心前来。有两三回我都在镇上的亲戚家里碰到蛇，印象最深的一次是在我大姑家，他们家楼下店面租给别人卖衣服，那条蛇当时就缠绕在衣服架子上，但是周围的大人都见怪不怪，既没有大喊大叫，也没有拿棍子驱赶。大姑说："在家里遇到这种大花蛇莫惊，这是三平寺的侍者公，专门过来家里探访，不咬人，你只要朝着它拜一拜，它就回庙里了。"说罢，大姑拿起我的手摆出作揖的动作，只见那蛇沿着衣服架子往地上蠕动，然后爬出了家门。后来再遇到的几回，我都照着做，蛇也确实走了。我幼小的心灵确实被震撼到，哪怕今时今日，我都深信不疑。也许会有人一直不信造化，但这么多年三平寺造福了整个镇上的产业，民众也活得更有底气，大家都愿意信点什么。

佛道不分家也在闽南的庙宇里喜闻乐见。你可以在一座庙里看到玉皇大帝、财神月老，同时也能看到如来观音，一个愿望有多方在加持。佛家向外，道家主内，刚柔并济，人的思想也更加完整，所以大家朝拜时都没有太过硬性的区分。不过除了佛道不分，和其他宗教还是保持着比较强的边界感，以前来我家的客人经常会说一些半途背弃信他教，最后没有好下场的故事，以至于我上大学时有一次被带去唱圣歌的现场，回来之后惴惴不安，给我母亲打电话，母亲说："有觉察是好事，下次别去了就行。"

几步一庙宇在闽南毫不夸张，更别提关于神的节日何其多了。每个农历初一和十五，母亲就会到菜场上买一些饼干来供奉土地公和家里的灶王爷。灶王爷自我出生时就住我家，我稍微大一些才知道原来家家户户都有一个灶王爷，也称"家庭神"。灶王爷的画像一般贴在灶台上，看起来就是个很慈祥和蔼的老爷爷，图像两边还有副对联写着"上天奏好事，下地保平安"，每年腊月二十四母亲就会将其送上天庭，等到正月初三就会恭迎回我们家。年少时总在想他回天庭的时间好短，都来不及和亲人聚聚就又开始一年的工作。现在知道了他回去一周还要做年终报告，还要绞尽脑汁去细数人间好事，实在为难。恭迎灶王爷回家那天，母亲还会去买家乡特色的碗糕来朝拜。这碗糕会一直放到正月十五，十五那天母亲就会使唤我去把布满霉菌的碗糕倒掉，再看看渗水多不多，多的话就代表新的一年雨水多多，听起来是相当神奇的人神默契。我每年都会跟开盲盒一样地期待去揭晓结果，但每年都感觉会有旱灾。

也有一些习俗与神明诞辰有关。小时候最期待的日子不是大年三十，也不是大年初一，而是大年初九拜天公，更准确地说，是大年初九的零点。那时候家家户户会准备一大桌子炒菜、水果、甜点，还有提前折好的金元宝，以及一根挂着纸钱的长长的甘蔗，拜完之后，大家会拿着甘蔗引火烧纸钱,火势越旺,代表新的一年运势越旺。烟花鞭炮齐鸣,整个小城沉浸在烟雾缭绕的夜色里。

每年这个时候对小孩来说简直不要太开心,可以光明正大地晚睡、玩火和吃东西,有时候还会调皮地站在街边拿炮仗去炸路上的车。更重要的是,这种日子家里父母不会吵架,哪怕闹矛盾也会迫不得已在神明面前表现得和谐。每次过大节城里就会舞龙舞狮、花车巡游,还会在每个村里选小孩来扮演龙艺上的各路神仙。还要给钱,六百块钱,是小孩家长给主办方的,添金赐福,十分有幸。小孩往那一坐就是一整天,父母还要在龙身下面陪着徒步,给递水,给扇风。我就想,这算什么神仙父母?城里的热闹还算克制,农村才是花样百出。戏台上唱着歌仔戏,又称"闽南 live house",戏台旁投影仪放着革命电影,戏台前是坐着看戏的老人和吹着泡泡跑来跑去的小孩,戏台远处是过节的神明们。夜色泛喜,天边那轮明月都跟着微醺。有一年乡里来了个年轻的领导,把歌仔戏换成了劲舞团,一群年轻男女在台上跳着火辣辣的歌舞,一群老人和小孩在台下瞠目结舌,怎么"梁祝梁祝",又"偷梁"又"换柱"。

"神明面前众生平等"大概也是人对神明敬畏的原因之一。不管富人还是穷人,进到庙里都能求神。小时候有一回跟着母亲到庙里拜拜时,刚好碰上了我们镇上一个民营企业的老板,他开着一辆看着很有档次的车,特别威风地从后座走下来,随行的司机在旁边对着他头家[1]长头家短。朝拜的供品全是礼盒包装,大包小包的。到了庙堂门口,他示意司机在原地等他,自己走进了大殿,拆开礼盒把那些水果饼干均匀地铺在朝拜桌上。我问母亲我们带的东西是不是有点少了,母亲答带多带少都没代志,是穷是富神也不会看,带着诚心来最重要。后来长大了,当我在不同时候去庙里,好像更理解母亲这番话,所有的身份、地位、成就在进到庙堂那一刻仿佛就被自动取下,留着的只有当下的境遇。

有庙的地方就会有算卦的地盘,每年春节本地人都会到祖师公庙求签,家庭签、个人签……求完签出来就会找

---

[1] 头家:闽南语,原指家中排行最长的人,后来泛指某个行业中的创始人或经营者,这里有"老板"的意思。

庙堂外面的算命先生解签。摊子不少，每个算命先生风格也都不一样，有些喜欢多说，有些喜欢多答。算命先生会根据签诗、什么人、多大年纪来给出意见，例如今年农历几月几去什么庙里拜拜，还有这个人今年什么时段尽量不出远门，听起来很玄乎，但是做的人都会严格执行。我父亲走后两年，母亲在春节还是会到庙里朝拜，但是没有求签。我知道她在耿耿于怀，明明有好好照办，怎么父亲还是离开了。其实母亲也懂，命运这件事，能左右的还是自己。

说归说，但算命这件事，多数闽南人还是酷爱。和神明的扬善不同，算命大师要分辨地信，好的算命大师都会被挨家挨户口口相传，哪怕在他"职业"生涯里就准过一次，口碑也会传播在田间地头，毕竟大师也是人，人能预测人，就是真的神，不可多得。市场流通的大多是赤脚大师，商业痕迹过重，大多游荡在一些知名景区，以我工作过的曾厝垵举例，光天桥上就有三个支摊算命的，竞争激烈。两把小椅子，一个小招牌写着"不说话知你姓"，如果是人生中没有玩过魔术卡牌的人，三下两下就信了。阿嬷去世的那一年开春，自己去找了算命的问还能活多久。算命的告诉她就到今年，好好活。时常在想这是个蛮神奇的事情，有人如此想要预测未来，而刚好又有人会告诉你未来，你也不知道这是不是真相，只不过潜移默化就会活在设定里，哪个是因，哪个是果，无从知晓。

玄学的东西好像都是如此，看似意指灵界，实则普度生者，包括闽南的丧礼。在这种文化氛围之下，闽南的丧礼可谓相当隆重，不知道其他地区如何，但在闽南哪怕活时唯唯诺诺，死时也能体体面面、风风光光。一场常规的丧礼有和尚，有唱戏的，有号子乐队。丧礼在户外办，如果是农村，会选在村口广场；如果是城里，就会选择闹街的马路边。所有的花圈会在丧礼的前一天就位，像是在造势。花圈摆得越长，代表这个人，也可能是这个家庭的社会人脉越广，得到的关注越多。从棺材被抬出那一刻，所有的仪式就开始上强度了，先是和尚超度，家属亲朋登场祭拜，再是唱戏的演员围着棺材板痛哭流涕，哭声震耳欲聋，除了棺材里面的人醒不来，周遭的住户都醒了。普通家庭请一个人哭，稍微有钱的就是两个人一起哭。几乎每次参加丧礼，我都能看到那唱戏的哭到妆花，掉下来的每滴泪珠都是一样黑。戏子一边哭，家属一边扔红包，红包倒是没有很多钱，就两个钢镚儿，很像直播的打赏。哭得越用力，打赏就越多。流程完毕，只见唱戏的朋友收起眼泪，捡起红包，转头就走，眼泪都不带惯性多流几滴，纯纯的演技派。最后就是出殡环节，我印象里，外公出殡之前，村子里还有个习俗是让整个社头在家的人都出来跪拜，那天几十号人跪在地上，足够有气势。小号声一响，是丧礼的落幕，也是人生的落幕。送走亡人，那个场地会就地起大灶做午饭，可能是一锅咸饭，抑或是一锅卤面。大伙儿围在锅旁吃丧食，刚刚哭丧的音响里会蹦出一些流行音乐，悲伤的、轻快的、甜蜜的……亲戚朋友都会夸着丧礼办得真好，儿女们孝顺，老人家一定走得很安详。前两年提倡葬礼简办甚至不办，对闽南地区的影响颇大。村里很多老人目睹自己少年时的同伴就这样被直接送进殡仪馆火化时，都面露愁容，生怕自己哪天也悄悄地走。即便如此，他们在天灾面前也束手无策。

现在闽南丧葬推广新型生态殡葬模式，而当时那个土葬的年代，就不是单纯挑个成色好的骨灰盒这么简单了。埋在哪里，风水、运势等非常重要，甚至很多人生前就已经给自己选好墓地。生的时候住宅讲究南北通透，死的时候墓地也是如此。虽然棺材里是东西南北哪都不透，但是闽南的说法里，所谓的墓地就是亡人的三头六臂，方位正了，逝者才能坐得端正。我记得我阿嬷的墓地选址之后，发现更往山头去的地方有以前县衙门的官冢，亲戚朋友都很欣喜，总感觉这方水土有人罩着。新棺材放进墓穴里，再用红土覆盖。第一次看的时候我九岁，场面相当震撼，孩童的头脑一刻都停不下来。我在思考，棺材下的肉身有没有可能只是短暂地没有呼吸，那阿嬷醒来怎么办，她要怎么呼救？闽南神话里说猫这样的生灵绕着亡人的肉身走三圈，亡人就会变成僵尸站起来，是真的吗？那为什么我阿爸阿叔不试试看，哭得那么伤心，不就是想让阿嬷活过来吗？一阵催促声轰醒了我，父亲让我往前走，我是大孙子，我要带着整个家族绕着墓地走三圈以告慰阿嬷，让她安息。又一阵焦急的脚步声踏在我的耳膜上，我拿着父亲的遗像正走在田间地头。

无论是土葬还是火化，人走之后的"头七"意义重大。所谓头七回魂，就是指亡者回来看看未亡者过得好不好，看看自己是如何离开的。这七天每天家属还是会保持烧纸、烧元宝，还会烧纸房子。我不一样，我就是单纯爱玩火。好死不死那个火苗突然飘起来，飘到阿嬷牌位旁，只见那个丫鬟纸片人瞬间引火上身，秒速化成灰烬。我感觉自己惹事了，要被狠狠挨骂，大哭着跑向客厅，向大人们不停地强调自己不是故意的。可这次父亲、姑姑们都一反常态安慰我。原来只要足够伤心，有些小错误是能被原谅的。

生者与亡者日常交流是通过两枚小硬币传递的，与朝拜神仙同理。我一直想不通为什么神仙是两块木头，而祖先是硬币，非要有个合理解释，大抵是祖先也是人，人得看钱办事。木头和硬币掷在地面的声音也完全不同，前者厚重，后者清脆。问问题的类型也有差异，神仙是大事，祖先是唠家常，甚至有一些闽南人一到祭拜祖先那天就问彩票开什么数字。当然，所有的问题都得设计成是非题，一正一反阳杯代表肯定，两个反面阴杯代表否定，两个正面则是祖先笑了。笑了还挺玄妙的，它不是一个单纯的回答了，是带有情绪的，可爱的，拟人的。有一年过年，母亲准备了茶酒食祭拜我父亲，时间差不多了，就用硬币问他是否吃饱了，连续掷了好多次，都是两个正面笑杯，原则上是要一正一反才能收摊。母亲进到屋里头喊我起床，佯装不耐烦地说："你去问你阿爸吃饱了吗？我问他他就一直笑。"我也笑了，那个瞬间的场景还挺魔幻的，好似我们一家三口从没有分开过。比较遗憾的是，笑杯从始至终都不是一个答案，人们只想求个痛快，到底是能还是不能。如果把笑当成一个终选项，或许很多困惑都能迎刃而解。

祭拜的朝向也有讲究，餐桌摆对了地方，祖先吃饭的路才能更顺畅。以前家住单位平房时，母亲会把餐桌对着巷子的入口，母亲说这样他们拐个角就能看得到。有时，单位的大铁门是紧闭的状态，母亲还会唤我去打开，要不然祖先来了没法进门。我问母亲，他们不能穿过来或者飞过来吗？母亲便做无语状，也不再解释。现在我们住在小区里面，很多条件就被限制住了，母亲唯一能做的，就是把桌子搬到电梯口，祖先们上电梯就能看得到。不过，从电梯里走出来的人总是略显尴尬。尽管住在小区，但也拦不住闽南人给祖先烧纸钱的心。过年时，不时就能听到某一楼栋的防火警报声响起，当整个小区蔓延在啸叫声中，另一头的祖先也就"财富自由"了。而且为了让祖先能够顺利拿到这笔钱，我们还会拿茶水画一个大圈，宣布这笔钱是私有财产。这与北方还有点区别，北方还会拿出一点点烧的纸钱灰放在外面供孤魂野鬼取用，南方的孤魂野鬼就只能自食其力了。

闽南拜神拜祖先，第一件事都是斟上一杯茶。神不看穷富，茶也一样。在闽南，茶文化也是贯穿在日常生活之中，吃饱了泡茶，客人来了泡茶，喜事泡茶，丧事也会泡茶。闽南人会打趣说除了神仙，家里还有个茶仙，茶泡着泡着就是在修仙。很多外地的朋友都对我八岁开始喝茶这件事感到惊讶，其实我不仅是老茶民，甚至还会和母亲一起挑茶。有年暑假，母亲不知从哪捣鼓了个挑茶的活，满满当当的大米袋子，挑好了按五十元结算工钱。工序非常简单，就是把混在里面的茶梗拣出来，让茶叶纯粹一些。我特别愿意给母亲搭把手，因为这样就可以在客厅里光明正大地看电视，每次做完活，双手还会飘着茶的清香。交工时要把茶叶和茶梗都原数奉还，我问母亲这茶梗拿回去用来做什么，母亲说茶梗也要卖，贱卖，卖给那些喝不起茶叶的人，虽品相不好，但是茶汤有味道。

  大红袍、铁观音以及来自我家乡的白芽奇兰，不同的茶有不同的品法。常见的就是茶壶茶杯，一口小酌，茶气顺着喉咙飘进五脏六腑。我不喜欢用茶杯，一来小小口喝不过瘾，二来当我端起杯子时，杯中之物已经被我抖落一大半，大地总借着我的手解解渴。所以我更喜欢让茶叶沉浸在保温杯中——喝茶"原教旨主义者"最嗤之以鼻的方式。茶叶在烫水中发涨，渐浓，再加水味就相当淡了，不需要一小口一小口地抿，但只能喝一次，太像人生的两种选择。我常常会把浓茶倒给我朋友们尝尝，他们有的喝不习惯，也有的第一口就爱上，于是我就伺机问他们要不要买一点，他们也是没料到，被早年在网络上卖爷爷家的茶的人闯进了生活里。

茶的售价不一，能不能卖出去全看卖茶人的良心。成本几十块钱可以卖到几百块乃至几千块，极少数人知道真正的好茶应该是什么样的。茶桌上也是最容易窥见人生百态的地方，所有的话题都可以搬到茶台上说。别人家的杂事，友人的近况，自己家的长长短短，一个闽南人的生命历程，从出生到苍老，都融在每一杯老去的茶盅里。

重男轻女的糟粕观念，在20世纪90年代的闽南尤为盛行。那时候我们家就住政府大院，常常会有女婴被遗弃在大院里，襁褓裹身，生辰八字印在红纸上，亲生缘分从此切断。他们指望着政府大院里有条件更好的人家，为自己的错误做一个美好的解释。当时有很多人调侃，明明是独生子女政策，到最后只剩下独生子。其实所有人都明白养儿不一定防老的道理，可所有人还是认定自己生儿子就能老有所依。在我住的镇上，如果有一家生的是儿子，不出意外一定会大办宴席，但如果生下来的是姑娘，就会低调行事。天平持平的状态往往是两头空。当然，如今社会观念相对有所进步，政策上也允许了，男孩女孩不再是非此即彼的抉择，可即便如此，还是能看到多数家庭生了女儿还会再要个儿子。有一些思想残余很难改变，幸好社会的权力结构正在往好的方向发展，但不管育儿育女，生育执念在闽南人家还是强得可怕。生育生育，一定让你先生，没有后代就没有根，香火能不能永相传，全指望在一个肚子上，仿佛生下来就能进族谱。

闽南的代际关系也非常特别，例如，结婚时母舅的地位是最高的，这个家里母舅说话是最有分量的。母舅就是母亲的亲弟弟，若是母亲有很多弟弟，那就以最大的弟弟为准。结婚时，母舅会送新人一副大对联挂在客厅里；乔迁新居时，母舅要带领整个家族第一个跨过火炉。还比如家里有好几个小孩，那老人一定要住在最小的儿子家，原因也很简单，小儿子得到最多的爱和最富足的生活。我外嬷就特别秉持如此观念，先是和外公在我大舅家住了十几年，帮着全家带大了我表弟，后来小舅结婚，家里有了第一个女儿，外公也刚好在这两年辞世，于是外嬷从大儿子家搬到了小儿子家，这一住就快二十年。实打实地说，外嬷的四个孩子都算孝顺，但随着年岁的增长，外嬷的行动能力开始慢慢退化，很多家务活开始不能帮忙，一个曾经能干的家庭成员突然就变成吃喝需要照顾还爱唠叨、指指点点的"累赘",矛盾显而易见。大舅和我母亲都劝她每年每家都住两三个月,不要把压力都负担在小儿子和儿媳身上,外嬷执拗,仍然觉得这是应该的。小舅自己家的家庭矛盾、兄弟姊妹之间的分配问题,令局面开始变得混乱不堪。去年,四个儿女决定将她送进市里的养老院,这当然是一个折中的也比较明智的选择,但对没怎么走出家门的外嬷而言,就好比四个儿女要弃她而去。外嬷哭着打电话给我舅公,也就是母亲他们的母舅。舅公非常愤怒,把四个儿女痛批了一顿,说这要是村里头的人知道,不得给人笑到死,还说四个儿女是不是不把他这个母舅放在眼里,是不是觉得外嬷没有娘家人撑腰。接着四个儿女又开始做母舅的功课。

外嬷进养老院前还做了个全身体检,发现左肩有几处都骨折了,医生说看情况应该有段时间了,大家才晓得,为啥她平时老是喊好痛好痛,所有人都以为是外嬷身体衰老的表现,也没多在意。除此之外,外嬷还有帕金森病。刚好借着这个话头,四个儿女让外嬷先在这好好治疗一段时间，治好了就把她接回家。两个月、三个月，外嬷还会嚷嚷着要回去，过了半年，她从医护区转到了养护区，她开始怨叹每天早上五点就被护工喊起床，下午五六点护工落班，她就得躺着，吃也吃不下，睡也睡不好。如今她住进养老院两年了，我去看望她的时候已经鲜少听她提起回家的诉求，不知道她是习惯了还是算了，看开了还是没看开。我和她提起去我家与母亲同住做伴，她断然摆摆手，说道："你阿妈现在住的新房子，没有你阿爸的身影，我不能长待着，不然我一走，你阿妈又得时刻挂念，新房子不能住我这老东西，懂不懂？"

每次去探望外嬷时，我都会想起她较为年轻的时候，大概是母亲现在的年纪，有年我住进了她与外公当时住的古厝里。古厝是闽南特别常见的骑楼建筑，门前有大片泥土地，每踩一步，土地都有记忆。房子两层楼高，一楼客厅和厨房，二楼两间寝室，每次我和表弟在里面玩耍，木板的咯吱咯吱声总会让楼下的大人们恼火。寝室的床对着一扇木窗，窗外就是烟囱。每天当我从床上醒来，就能看到烟囱上青烟缕缕散落在砖瓦之间。我踩着大人的鞋拖跑到楼梯口，喊了声"阿嬷"，她洗菜的手突然停下来，转头对我笑了一笑。二十多年过去了。

在闽南，每个城市基本上每年都能遇到几次台风，有大有小，所以，每个城市都有所谓抗台风的神器，漳州有定风珠，厦门和泉州有郑成功……我印象比较深刻的台风天气有两次，一次是2016年的"莫兰蒂"，另一次是2006年的"珍珠"。前者我在厦门，满街残木枯枝，城市断水断电，全面瘫痪。后者我在县城里，听闻老家镇中心溪山大桥断裂，桥上的十四个人伴着溪流被终结了生命，亲人沉浸在泪水之中。我们城里的平房安然无恙，新闻上的农村危房却应声坍塌，数以万计民众受灾，住了大半辈子的老人也没想到临了临了家散楼空。屏幕里的受灾群众看起来格外平静，屏幕外的我们正坐在新家的沙发上一边怨叹一边庆幸。滂沱的雨水冲刷土地，也让幸与不幸之间那条分界线更分明，天灾总在给人做分类。

无论是外嬷还是我父亲，大多数闽南人都相信宿命论。一个人能活多长，会遇到什么劫运，早在出生的时候就已经板上钉钉了。特别是外嬷生活的村子里有个小故事经常流传来流传去，说是有个人去算命，算命的和他说这一整个五月都不要出门，特别是不要干活。那个人不太信，但也乖乖听话，一直到五月的最后一天，他觉得日子也熬出头了，田里的农活都荒废许久，便拿着锄头出了门，后来锄头松动，挥起来时砸向了自己的头，日子也熬出头了。故事的真假有待考证，甚至可能就是村里头为了贯彻宿命论的观点而铺陈出来的，但大概从这就能对闽南人的生死观了解一二。我父亲可谓是宿命论的忠诚信徒，他不愿意检查身体，不愿意去看病，每天该吃吃该喝喝，终年五十多岁。放在如今常规的生命周期，这确实不是什么漂亮成绩，可如果用人生快乐的程度或者是不痛苦的程度来评级，父亲又是在顶端的，活得短但是尽兴。父亲常说，天灾人祸，都是命数定好的，主观能动性微乎其微。我现在好像慢慢地在接受并认同。

我特别喜欢以前央视的一个纪录片叫《客从何处来》，让几个明星艺人踏上寻根之旅。从这个角度来说，我们这代闽南人是幸运的，至少我是幸运的，从小到大就在根上直线长成，生活在山水之间，没有漂泊、流离、变迁，更没有战乱、饥荒。在很多的人生节点上，稍微一变，我可能就得不到好的培育，得不到正面的情感，得不到人格的尊重。生活其实不是冗长的、持续的，更多的是渐进式的片段，一念之间足以改变人格、三观、理想，一念之差就没有现在的我。

我的家乡在闽南偏南的地方，背靠群山，拥有闽南第一高峰。在其他县区都陆续通高铁时，它刚刚摘掉贫困县的标签。每年过年回家那几天，总能看到闹市多了几家精致小店。沿街的店铺总是开了倒，倒了开，只有那几家从小吃到大的老饭馆还在服务着食客，装潢没变，味道没变，要是价格也不变就更好了。我时常在想，何谓故乡，故乡大抵是无论外面的世界如何变化，它都会晚到几步的地方。童年时不会有故乡的概念，三十岁时慢慢读故乡时，故乡已经被甩在驰骋的高铁后面。我的故乡还没有高铁，我的故乡永远在苍老。

蜉蝣

一直到前阵子,我才开始用矿泉水泡茶煮饭煮汤,在这之前二十几年里,我们家都是用自来水完成这些日常之事。我和朋友说起这事,朋友大为震惊,他以为每家每户的饮用水都是买来的矿泉水或者是经过过滤的水,他也不留口德地取笑我:"难怪你变成这样子,该不会就是自来水喝多了吧。"说着说着自己笑了起来。这些话我听得见怪不怪了,也不觉得刺耳,我对生活的勇气在过往的日子已经一次次被刷新,强得很。

当然不是说我没喝过矿泉水,只是没有把它作为生活的必需品。之前唯一一次用矿泉水做饭,是住在城中村的时候。当时的部门领导想来我家吃个饭,但我的厨房实在太过局促,放了电磁炉,就放不了切菜的案板,也不好让领导简单吃个稀饭配点小菜,索性就搞了火锅。我去生鲜超市买了速冻的火锅料和青菜,路过看到农夫山泉两瓶装特价三块钱,想着让整个饭局看起来更为体面,也一并带上了。那天晚上,我第一次发现矿泉水和自来水味道确实不一样,少了那股流动的金属味,喝起来清清甜甜的。领导走后,锅里的料吃得差不多,汤还有一半多,一想这可是矿泉水,我没舍得倒掉,第二天还能煮面再吃一顿。

我的很多节俭甚至抠门儿的习惯都是在城中村生活的时候养成的。比如我从不买视频网站会员,当时网上有卖多人共用的账号,一个月两三块钱,虽然有时候看着看着会突然掉线,但相比正常十几块钱的收费,划算不止一点。再后来视频网站开始严格限制一号一用时,我开始从那种乱七八糟的QQ群里获得一些会员破解的代码,按之流程操作,就可以直接看任何平台任何会员版的内容,这时连两三块都不要了。这也导致我到现在看剧都是问别人借的会员,因为投机取巧过,就很难想走正途,有种和"非法分子"不该有的"共情",这是不对的。

城中村几乎是所有打工人来厦门的第一站,有人会在这里待上几年然后回老家做点小生意,也有人会一直待到叶落归根。和繁华街区相比,城中村一切都显得逼仄无序,你可以在村里看到几十根电线常年"藕断丝连",稍不小心就可能踩到不知是狗屎、猫屎或者是小孩屁屁的东西,这里二十四小时都能听到不同类型的噪声,楼下菜场的,对面排档的,深夜楼里的。现在每次因为失眠问题而困扰,我总在想当时是怎么睡得着的。住在村里的人白天套上工装走出村外,走进富丽整洁的写字楼里,晚上下班之后,踏回村那一刻仿佛进入一个无形的结界,把城市甩在身后,被城市遗忘,虽然无序,但做自己。

2016年,我刚毕业到厦门时,光厦门岛内就有七个规模化的城中村和若干散落的村子。那时候我做的是室内设计助理的工作,没有劳务合同,没有薪资,也没有所谓的试用期。你可以跟着带你的师傅慢慢学技术,帮忙打打杂,一个月赚个三五百的,当然也可以随时拍拍屁股说老子不干了,根本不用为了"N+1"耗着。没钱自然没法租房,母亲拜托我阿姨(她的亲妹妹)帮忙照顾照顾我,于是我和阿姨一家三口共同住在一间八平方米左右的屋子里,那里甚至不能称得上是楼房,只不过是周边一座废弃工厂的库房改出来的。一共两层楼,呈倒"U"形三面分布。我们的屋子在一楼,门打开就是由三面聚合成的院子,隔壁住着的大婶是收破烂的。每次院子里都堆满了她捡回来的东西,夏天温度升高时,空气里经常夹杂着发酸的饮料瓶味和腐臭的布料味。大婶说,这些收回来的旧衣服再卖到加工厂里,重新造一造又可以在市面上流通了。我当时身上穿的都是那种淘宝卖十九块九两件的,听完之后陷入了沉思。

八平方米的房子是由一间五平方米和一间三平方米的房间打通的,我们那栋楼独一户,月租四百二十块钱,算是大户人家,冬凉夏暖的。我和堂弟、阿姨和姨丈睡在同一间房的两张床上,床是四十五度"L"形排列的,因为墙是斜的。晚上睡觉时可以非常立体地感受到我姨丈从我旁边传来的呼噜声，与此同时门口传来的麻将声也不甘示弱，深夜，屋里屋外都充满了人间烟火气。有一次我堂弟被吵醒，破口大骂"这些死阿北仔[1]"，然后打开门吼道："他×别吵了，半夜两点了知不知道！"接着"砰"一声重重地把门关上。外面突然陷入死一般的寂静，我给他竖个大拇指，跟他说："北仔你都敢惹，真不怕他们给你杀咯。"没想到堂弟刚关上门，那些北仔继续打麻将，说说笑笑，好似刚刚什么都没发生。这番反应显得堂弟刚刚的表现很像在无能狂怒，还顺带把我阿姨和姨丈都吵醒了。

我们床边侧对的窗户望过去是本地人的宗族骨灰室，也就是说，真正的原住民每天都在盯着我们这帮外来客，晚上灯全灭时就只剩骨灰室门口的一抹红光在微微闪烁，现在想到这个，我还是会竖起一身汗毛。我记得有一天早上醒过来，阿姨问我："你知道你昨天晚上干了什么？"我一脸疑惑地看着她。她说："昨晚四点多你一直在笑，

---

[1] 北仔：闽南地区对外地人的蔑称，虽然有可能不是北方人，但统称为北仔。

叫你你也不应,我起身又看到窗边那抹红光,差点被吓死。"我听完笑得更厉害了。

我就这样在那间屋子里生活了小半年,后来由于政府把那栋楼评估为危房,我们只能举家另寻新住所。搬迁过程并不难,人手一个蛇皮袋就把家搬空了,四处为家的人只有行囊轻一些,牵挂才能少一些。新房子离原来住的地方不远,是隔了两个小区外加一条主干道的另外一个城中村。我们在城中村的最里头,再往前走就上山了。那间房子我还挺喜欢的,月租五百六十元,一室一厅,比原来宽敞许多。我和阿姨一家终于可以分开住了,我和堂弟睡里头,他们睡外头。卧室的窗外只有山,非常安静,夏天开窗,山风拂进来,那种凉意是风扇和空调都比不过的,可惜想得到好东西就得付出一些代价。山风带来的除了凉爽,还有一群饥肠辘辘的野蚊子,我和堂弟两个打着赤膊的身体被它们视为一场珍馐,一传十十传百,时不时就叫上亲朋好友一起开席。住在山脚下还有个不便的地方就是遇到台风天总得强制撤离,印象最深的是2016年超强台风"莫兰蒂"席卷厦门时,社区连夜让我们这一片区关好门窗，收好贵重家当，住进指派的酒店，那三天世界发生好多事情，主干道两边的树像是约好的一起倒在车顶上，越贵的车砸得越用力，整座城市连着断水断电。等我们再次回到住所时，水涨房没高，窗边的玻璃碎成了磨砂状，每一粒碎片都晶莹剔透，远看还挺好看。果然人就是天然喜欢这种破碎感，但又不敢真正靠近它。

上班的地方离住所有六公里多，每天我得早上七点半前步行穿过整个城中村，再穿过小区，到BRT（快速公交系统）站点搭车，到站后再走上八百米才能准点抵达公司。也不是没有近路能抄，只是抄近路要翻过两道铁丝网，对我来说无疑是在增加难度，不如乖乖地走正道。现在很多刚认识我的新朋友如果去附近一个地方，我在场的话他们就会打的，我经常说别浪费钱，我能走路，他们不知道我曾经有一年的时间每天至少步行三四公里。其实这都还好，比较恼人的是我们住的那一段没有路灯，到了冬天天黑得早，要是稍晚点下班，回家我就得开着手机的手电筒才能往前走。也不是怕碰到什么鬼魂，相比灵异之物，我更怕村里那些不拴绳的烈犬，上班被客户追,下班被狗追,我是接受不了的。

2016年年底,我换了个工作地点,离我阿姨家更远了,通勤更为麻烦。彼时刚好每个月有一千五百元的基本工资,考虑了下决定离开这个四口之家,搬到公司对面的城中村,开始有了真正独属于自己的房子。我住的这个地方是厦门最大的城中村,光公交站点就有四个,听起来很像是一所重点大学。房东租给我时就和我通气村里在动员拆迁工作,只不过给的条件还不满意,让我做好准备,口气听着像是让我做好收拆迁款的准备,其实是做好他满意了我就得走人的准备。但很可惜,我很满意地住了两年半搬离时,他都还不满意。房子月租五百元,占月收入的三分之一,剩下的一千元钱我得规划好一日三餐、穿衣娱乐,如果实在有些月份大手大脚,我也没有委屈自己,转头大大方方、没皮没脸地问家里要,不过多数时候是够的,我的极简生活逻辑就是在这时候培养出来的。

五百块的房子确实算不上什么好房子,八平方米的单间里有一张床、一张书桌、一个衣柜,没有空调,房东说可以配，月租再加一百。我拒绝了，在网上买了个六十八块钱的座式风扇。厦门的夏天特别长，即便有风扇，也总是会在半夜被热醒。房间有个高窗，窗户对过去是隔壁栋的外墙。阳光灿烂的日子还可以从外面借到一点光，但如果阴天雨天，就分不到羹了。每次下班回家有种出去放风回到监室的感觉，我那时经常感叹道："寒窗苦读十八年换来的是一扇高窗。"其实也有大窗，在三平方米的厨房浴室连廊边，但开窗对过去还是一面墙，所以也称不上窗户，就是几根铁架焊起来晾衣服的地方。那两年多里我的衣服都不是被晒干的，而是被穿堂风给吹干的。因为没有洗衣机，衣服只能手洗，冬天衣服手洗是拧不干的，每次挂上去都是"声泪俱下"，交给命运，有时候两天能干，有时候长达四五天。哪怕干了，也有股潮味。有段时间实在受不了短裤和皮肤接触时的那股凉意，我就悄悄把短裤晾在邻居家拉出来的一条铁丝上，那里可以晒到一些阳光。邻居大概知道了，每次我去收的时候，都只剩下我的短裤。厨房是一个水池和由几块石材拼成的操作平台，能活动的空间非常有限，做饭就得挪走电磁炉，炒菜时就得挪走调料瓶。所以多数时候我都只是简单煮个泡面，冬天时候可以在菜场买个十块钱的卤料吃两天，气温低，隔夜不容易坏。厨房和浴室厕所没有遮挡，最开始有点难接受，毕竟之前和阿姨一家住的那个仓库中间都还有个半隔断墙。后来时间久了也就习惯了，甚至有些喜欢上淋浴和蹲坑这样的搭配，洗澡时还能顺便洗厕所。之前阿姨家的热水器是烧液化气的，每次打开时我都有些害怕里面的明火会蹿出来，因为小时候真的闯过祸，把喷头往热水器上浇，还好母亲发现得及时，不然现在就不在这里了。现在这个热水器是电的，安全许多，只不过使用年限太久了，老是调不到合适的温度，往左一点点就特别烫，往右一点点又变凉了。我在想，是不是城中村里所有的热水器都这么极端。

　　房子有六层，房东住在顶楼。其他五层楼都是出租房，一层楼有十三户，我住在401，也就是这层楼所有人都可以从我的全世界路过，所以根本不用提什么隔音的问题了，不会叽叽喳喳就很不错了。住在船头的人也更容易听到各种风吹草动，夫妻吵架、小孩哭闹等，我只要侧身在我的铁门边竖起耳朵，两三分钟就能有比较清晰的关于事件和人物关系的思维导图。有天深夜，我斜对门那户人家在喝酒，喝着喝着两个人因为债务问题开始吵起来，紧接着就听到啤酒瓶摔在瓷砖上的声音，一声闷闷的尖叫，然后走廊里闪过跟跄又沉重的脚步声，之后只剩下其他房间传过来的呼噜声。我猜应该有几扇门背后也有几双耳朵，但没有人敢开门。第二天出门上班时，门一打开，走廊里都是鲜红的血印子，有的已经烙在了瓷砖之间的美缝里。我试图用脚躲过那些斑斑点点，躲过脑海里的记忆。后续怎么样我也不知道，但是开门看到的那触目的画面还是影响了我很长一段时间。我甚至在想，住在这里会不会迟早有一天遇到危险，要不要找一个跟人合租的小区房子？最终，这个念头还是被房租给劝退了。

城中村的人员构成极其复杂，傍晚六七点在餐厅里吃饭，能遇到那种打着领带西装笔挺的，有那种穿着工厂连体工装的，也有迷彩服套老头衫的，坐到椅子上还有一阵风，风中还挟带些许的汗渍味。我住的房子相对而言在城中村的村头,走个两三百米就能到马路上。晚上十一点过后,除了还在营业的烧烤摊,其他店都关门了,路边除了醉汉和晚下班的打工人就冷冷清清的。刚搬过去的第五天晚上,我加完班回家,在楼与楼之间的旮旯处突然有个女人跳出来,轻声说了句:"小弟,要不要玩?"我一时半会儿还没反应过来,等反应过来对方的手已经拉着我的衣服,我连忙挣脱开,拼了命往前跑,我才意识到原来有些产业在看起来越不可能的地方越猖狂。后来我总会在夜晚的城中村有意无意地看到她们,有段时间她们甚至就在我家楼下。有一次我在晾衣服,看到有个老汉走过去拍了拍女人,女人就往我隔壁那栋楼走,老汉在后面跟着。还没等我全部晾完,老汉又从门口出来了。我搬离这里前半年多的时间里,她们突然都消失了。

我所在的这个城中村地段非常优越,东村口对面是区行政中心,南村口是外来工子女学校。学校不是很大,有两栋教学楼,还有一条有些秃噜皮的塑胶跑道,顾名思义,在这里上学的多是村里打工人家的小孩。但顺着学校往前直线距离六百多米是一所音乐学院,可以理解成

"贵族"学校,校园环境不必多说了,每到放学时间只要经过这条马路,从校服到接送孩子的家长再到配套资源,总让我想起"三八线"。这边学生的父母基本都是公司老板、富商等有头有脸的人物。他们之中有的人家也住在我们附近,住在西北口的一排排海景房里。这里的房价哪怕到今天还是厦门单价最高的几个区域之一,最鼎盛时期一平方米都已经破十万了。记得当时有个刚刚交付的楼盘甚至号称"亚洲十大楼王",我做装修销售工作需要踩点扫楼,当我亲眼看到三百五十多平方米的套房出现在我眼前时,还是倍感震撼,单单那个保姆房就比我的住所要大,这样的保姆房一套中还有两个。二十二岁的我立志有一天在这里能够有一套属于我的房子,但截至落笔时,三十岁的我还是只有想象的快乐。四处林立的繁华也更显我们这个群落的破败,当然我们也仰仗了这些"大哥",获得了很多就近的资源——生病了走几步就能到私立医院,周末可以到附近的商场吹吹冷气,下了班还能去湿地公园运动运动。这些场所虽不是因为我们才在这里,但好在任何人都能够有权利并且自在地使用它们。

就这样我在这里生活了快两年半的时间，说长不长，每天的生活两点一线，简单朴素。中间有些和我一起来厦门打拼的朋友回老家结婚就没再回来了，也有些人刚准备出来闯一闯。印象比较深刻的是有一回我发小朋友的男朋友想来厦门找份工作，问我能不能在我这借住几天。我一开始拒绝了，巴掌大的床还要两个人一起睡，还是一个陌生人。发小说没事，他自己带折叠床过去，一句话让我没法再次拒绝，看样子是铁了心要和我共处一室。那个陌生男人刚到我住处就被房子格局整得有些破防，大概之后几天又看我每天早九晚九，回家一脸疲惫，他住了五天就跑回老家了。我悄悄跟我发小吐槽，这个男生还是让你朋友谈谈恋爱就好。后来他们结婚，让我发小喊我参加，我没好意思去。

2019年年初，我开始从事自媒体工作，工作地点在离住所十一公里的曾厝垵，相当于我每天要从厦门岛内的这头到那头。当时的底薪也已经从一千五百元变成了五千元，我决定搬到更近一点、更好一点的城中村。搬家时因为五百元的押金不给全退和房东来回争辩了好久，最后我妥协了，那一百多元的清洁费就当跟这个房子说声谢谢。因为曾厝垵附近都是环岛路旅游区，所以我只能住进了离它六公里多的城中村，一来有公交直达，通勤不到二十分钟；二来是我阿姨一家也住在这里。山脚下那间房子在2018年被作为特殊用地征用了，他们就搬来了这里，更巧的是二房东是我姨丈的表亲，表亲很亲，不收我押金。房租一个月八百五，有空调还有两扇窗，厨房和浴室都比原来的大，也许是住过五百的房子，看到这八百五的房子竟然有些激动，更激动的是下了班可以去阿姨家蹭饭。

这个村也被称为"河南村"，几乎所有来厦务工的河南人都住在这里，有些做保洁，有些开出租车，半夜两点之后马路边上经常停着一排出租车，住在这里随时能打得到车，但没有人会打车。还有些人留在原地开起饭馆，我在这里吃到过各种便宜实惠的美食，如羊肉烩面、烧饼、饸饹面、炒凉皮……现在不时还想回去一趟，我的胃还留在那里没走。或许是因为我开始学会生活了，也或许住在这里的人都操着同样的家乡口音，这里比原来的村子显得更具烟火气。路过菜场经常能听到摊主和来买菜的讨价还价，有时候嗓门大到总感觉两个人下一秒要把摊子给掀翻，然而他们对视一眼，先后迸发出笑声，这样的瞬间无比生动。紧接着我到跟前用普通话交流时，摊主就显得冷静许多了。我恍惚间觉得在这里自己才是外地人。

我在河南村住了三年半，这三年半也是我目前人生里最精彩的阶段。做上了想做的新媒体，当上了部门主管，涉足了脱口秀，在节目里被人知道，父亲去世，特殊时期，都被这十六平方米的小天地记录着。有一回整个村被划定为特殊区域，我心里还寻思着这偌大的村落，每条巷子都能直通路口，哪有办法管理。当我看到一排铁栅栏直接连村带马路辅道团团围住，还是不免赞叹人的智慧，想做就有办法。被管理的那一周里，整个村陷入了从未有过的清静，尽管我们可以在村子里活动，但街上只有零零散散的人。户户人家虽灯火通明，却都静静地等待审判。底层的人不缺乏对生活的热情，却在面对未知时呈现出更大的惶恐和不安。

这样的不安几乎从小到大都围绕着我。我是在镇政府的职工宿舍长大的，那时候我们家没有租金，也不用交什么水电费，生活基本富足，但母亲每次吃饭的时候总喜欢念叨，今天这个菜多少钱，这个肉又比昨天涨了多少钱。那时候总感觉这个家为了养育我过得好辛苦，那我就少吃点肉、少吃点菜，这样父母就能多吃点。我担心哪一天菜钱都花光了，我们家就会把我丢掉。当然他们没有这样做，也让我每天都活得很庆幸……我告诉自己一定要少花钱，为家里省点钱，也因此我从小到大都不爱吃零食糖果，唯独在夏天对那一毛钱的绿豆冰偶尔馋嘴。职工宿舍条件不好不差，我们家当时还有一台台式电视机，可以收到九个频道，每到周末我就一个频道一个频道轮着看，而且只看综艺节目还有中途漫长的彩铃广告，我现在身上有的搞笑天赋应该就是从那时候开始发展的。在很多的亲戚眼里，我已经算是住上一套免费的小套房。小套房不是固定的，要听从安排，需要你搬时就得搬，所以我的童年对家有一种常住常新的体验。我们家最早住在一楼，两个大单间，卧室窗户正对一片杂草丛，夜晚的时候总会有流浪汉从窗前走过，第一次发现时我正光溜溜躺在床上，他把我看光光，我被他吓得心慌慌，喊："阿妈，那边有鬼！"母亲说："那不是鬼啦，是疯子，你再不睡他就把你带走。"听起来更吓人了。后来职工办通知我们两天内搬到三楼，这里要做计划生育的收容室，到时候这里会镶上一个大铁门。我问母亲："什么是收容室？"母亲说："是关'坏人'的地方。"我那时候才六岁，天真地琢磨既然是坏人，那我要伸张正义。过了段时间站在那大铁门门口，我向里面的人挑衅，诅咒里面的人。第一次没事，第二次去里面的人顺着大铁门顶的缝隙往外投来了一碗粥，那些米粒结结实实地落在我身上。我哭着回去，一五一十委屈巴巴地说出来，又被打了一顿。

我在镇政府住到了小学四年级，房地产行业在那时大兴起，县城买房的热潮只增不减，母亲也没有抵住这般汹涌，东拼西凑五万多块钱买了个20世纪90年代的县司法局二手房，我们在那住了十六年。房子一共两层半，另外那一半是露天的，也是我们的阳台。我们那条街巷还有个很好听的名字，叫荷莲塘一巷，没有荷花，没有莲花，也没有池塘，硬取的名字。老公房最大的特点就是楼与楼之间没有间隙，哪怕有，也是闭着眼睛可以放胆跨过去的那种。我们家顶楼的天台往前可以走个小两百米，如果你在附近刚好有亲戚，去他家根本不需要出门，约着天台见就行了。三楼的房间除了偶尔做客房，其他时间都是闲置，这里也成了我过家家的天堂。当时我最大的愿望是做个综艺节目主持人，我把那个房间想象成演播室，假装有好多摄像机，在夏天温度高达三十七八摄氏度的屋子里把自己关起来，硬生生待了两三个小时，"录"了好多节目。二楼是两间卧室，起初我还是不敢自己睡，仍跟母亲睡大卧室，父亲睡在小卧室。暑假的某一天，被来做客的亲戚挖苦这年纪和阿妈睡是不是没断奶，我觉得难为情，便提议和父亲交换空间。睡到小卧室，第一件事就是让母亲把柜子里阿嬷的遗像拿走，不然我怕她找我。住久了发现小卧室更好，可以通过窗户看到后面人家客厅的电视。读书读累了，我就跟着他们家追剧。上了初中，他们把大卧室让给了我。因为卫生间在小卧室，每次夜尿的时候总得穿过廊道推开父母的房门。有几次父母还没睡，我刹那间推门打破了屋里的欢愉之声，青春期的小孩懵懵懂懂，潜意识里觉得打扰了他们，从那之后，每次上卫生间我都去一楼。想必很多年后我和阿姨姨丈同住一屋时，他们也隐忍了许多东西，父母那一辈总爱忍。

搬到县城后我们才有了真正的邻居，天天都要打照面的那种。我们家住在巷子的最深处，这一排一共有三户，其他的两户男主人都是律师，刚搬过去那几年，我们几家维持着特别和谐的邻里关系，家里头有什么好东西就会相互分享，没事就会在一起喝酒，甚至有次隔壁夫妻吵架，吵着吵着突然就吵进了我家，大概两个人都想下个台阶，苦于家里没人劝和，就上了我家的台阶。那个阿姨没上班，平时经常来我家一坐就是三四个小时，聊天的内容多半在抱怨，抱怨丈夫不着家，抱怨小孩成绩差、性格暴躁，抱怨自己的母亲不疼她，只疼和继父生下来的妹妹，有时说着说着就痛哭起来，母亲连忙安慰。而她下次再来我家时，把所有的内容像背课本一样又复述一遍。母亲到后来看她哭也见怪不怪，也不安慰。见母亲没反应，阿姨会加个互动问答："你说我是不是很惨？"母亲听多了感觉自己也窝气，骂骂咧咧对我说："你要好好读书，看你燕子阿姨就是没读书，所以才会怨天怨地。"我也没明白这回旋镖为什么到最后还是射到我这儿。母亲补充："你看小怡她妈是老师，每天多优雅啊。"小怡她妈就是我们家隔壁的隔壁女主人，是个初中思想品德老师，确实优雅，谈吐也是落落大方，只不过后来那两家女主人因为要不要在巷子口装铁门的事情产生分歧，破口大骂时，她在我心里的人设崩塌了。思想品德老师不应该是有思想，也有品德的吗？燕子阿姨也不是善茬，上前就是撕头发，我竟觉得挺合理。还有这两家的男主人都没有现身说法，是在等相互起诉吗？总之这件事之后，我们三家的关系就变得很微妙，他们两家还是会来我家坐，但总是错开来。燕子阿姨坐到傍晚，老师坐到凌晨，母亲的工作就是陪坐。有段时间老师每天晚上都来我们家一起看电视，燕子阿姨起了疑心，觉得我们家被拉拢了，两家肯定在背着她说坏话，于是半夜一点多拿着两个玻璃瓶在我们家门口狠狠摔碎，接着回到房间透过窗户往外蹦脏话，没过多会儿她那读六年级的女儿也加入战局，母女俩一起肆无忌惮地骂。

当时我在房间觉得害怕,现在想想可真荒唐。兴许老师的目的达到了,也兴许是怕给我们家添麻烦,从那一晚过后她就没有来得如此频繁了。第二天我起床上学的时候,已经见不到玻璃碎片了。母亲说燕子阿姨早早来家门口扫掉了,还一直道歉,之后她也鲜少来我家坐了,这场闹剧也算结束了。大约隔了一年,燕子阿姨搬走,房子卖给了妹妹当婚房,也就是她口中那个被母亲偏爱的女儿。母亲跟那女人只是点头之交,倒是那夫妻俩天天干架,三天两头就会听到家里的东西被女人砸碎的声音。有时她会把丈夫绑起来,锁在巷子口她家的库房里,锁完门之后只听她大声嚷道:"你别怪我,我就是疯子,跟我妈我姐一样都是疯子,根本没人疼过我。"

只要时间线拉得够长,生活就能滚出层层浪。十几年里,父母、街坊、物件都在随着房子老去。刚搬过来时,隔壁两家中间还有个极小的隔间住着一个大伯,我经常喊他花名——达子。达子虽然四十多岁,但没有什么长辈的架子,我很喜欢找他玩。达子的工作是负责收我们这个片区的水费，工作时间自由，平常总会帮我们三家倒倒垃圾，给门口的花浇浇水，甚至有一次半夜还抓到了正准备入室行窃的小偷。我们也总会多煮点饭菜，吃完把多出来的端过去给达子吃。每次端菜的时候我都是飞奔过去，达子接过菜开心地笑着时，我也会感到莫名的欢喜。达子总说，因为有我们，他一个人才不那么寂寞。我上高一那年，达子毫无征兆地痴呆了，我亲眼看到我这忘年的玩伴开始伸手问我要糖果，我吓得连忙往后躲。他的妻子也从老家赶来县城照顾他的起居，七月的某天下午，妻子在门口煤炉上做饭时，达子误食了放在储物柜上的农药，结束了这一辈子。我们家前面那栋住着一对阿公阿婆还有两个孙女，儿子儿媳在乡下，孙女们由于在县城读书，教育就交给了这对老夫老妻。较大的那个孙女与我同龄，阿婆每次辅导她写作业总是专横跋扈，那时我总是暗暗庆幸父母都不管我的学习了。兴许因为我是外人，阿婆对我特别友好，总会透过他们家厨房的那扇大大的铁丝窗户跟我聊天。我准备起程去大学报到的那天，阿婆说："在学校要吃饱饱，没事就回家。"这句话从非亲非故的人口中说出来，很多年后我仍觉得很温暖。大二那年，阿公去世了，两个孙女陆续上大学了，家里只剩下阿婆一个人，每次回家，我总透过那扇窗户看到她坐在客厅里发呆，沉默的、脆弱的。母亲说："他们家儿子媳妇是挺没良心的，两个孩子给她养这么大，房子都搬到县城了，也不想把老母接过去。这老人哪，自己住久了，说不定就会变成第二个达子。"母亲一语中的，大学毕业那年，阿婆已经记不得两个孙女是谁了。我放假回家时，正看到护工给她擦脸，毛巾上的水珠子滴在了阿婆的围兜上，我往前走一步："阿婆，是我，你记得吗？"阿婆打量了我许久，慢慢地说道："是你啊，你放学回来啦。"我心头微微泛酸。是啊，阿婆，我回来了，你要吃饱饱。

2019年父亲走后，我和母亲也搬离了荷莲塘。母亲本想把这栋房子转卖出去，但是房产证上没有三楼的产权，如果要卖出去，就得重新办理相关手续，可根据政策，那些手续早些年就已经办不了了。这栋房子承载了太多记忆，也许只是年长到不想换个主人，见证新的轮回。

如今我与母亲分隔两地,都住在新盖的商品房里。她年近六旬,兜兜转转,历尽千帆,重新过上了独居生活。我活在她与父亲结婚的年纪,慢慢探寻着她曾走过的每一步。好几次我与她去养老院,看她推着我外嬷在花园里散步时,总会感叹时光蹉跎,生活具体。站在我在厦门租的房子阳台上,目光所及和我阿姨一家最初住的库房的位置,那里已经变成了个小公园,老人、小孩、上班族、小摊贩、拾荒者来来往往。活着的人如同沉寂在水底的蜉蝣,涌动的一天,便是世间最朴实的一天。

散场之后

前两年,我在上海大剧院演了迄今为止观众人数最多的一场拼盘演出[1],被一千八百人的掌声、欢呼声淹没在舞台中央,那种幸福感很难形容,总感觉那一刻如果死掉也是开心的。演出完有一种空落落的感觉,好像是从人群回到个体的失落,并且它会伴随着我一直到下次上台。后来我才知道这叫戒断反应。这两年我会在演出结束后就近坐上公交或者地铁,扑到末班车的人群里,到站之后再走

---

[1] 脱口秀演出分为多人拼盘、单人主打秀和单人专场。拼盘一般每人演出十五分钟,主打秀主咖演出四十分钟左右,专场主咖演出一小时左右。

一段路,被城市的车水马龙环绕,回到住处时才算能够稍微镇定下来。

我很喜欢演出完在剧场后台透过监视器看观众陆续散场的画面。在那几百甚至上千号人走出去时,我知道我和他们又要各自散去,去度过千奇百怪的人生。也许我和这些人一辈子可能就只见这一面,但刚刚那九十分钟里我们一起大梦一场。

脱口秀演出是件很玄妙也很让人享受的事情,2024年我在全国巡演自己的专场时,因为有和观众合影交流的环节,我更近距离地感受到各种鲜活的人生。在重庆,有个坐轮椅的朋友告诉我,她出来一趟需要从家乘电梯下楼,摇着轮椅到小区门口,打一辆车让司机帮忙把自己抬上去,而且多数时候只能叫专车,司机才会比较愿意服务。车到演出的那个商场,因为剧场在负一楼,她还得再找人把自己抬下去。山城的路满是台阶,为了不给人添麻烦,大多时候她都选择待在家,但是这个晚上她过得很开心。我很感动,跟她说:"等下次再来演出我邀请你。"我还见过父亲刚刚去世、为了缓解一下情绪随便买了场演出的女孩,而那晚我刚好讲到父亲去世的事情,她觉得一切就像命中注定。还有刚提新车来报喜讯的人,拿着离婚证的人,怀胎八月的准妈妈……因为这些时刻,我很庆幸在做这份工作。

不同城市对喜剧的感受和理解并不同频,幽默这码事太容易水土不服了。2020年,我还没上过节目,以纯线下演员的身份去了沈阳,我在台上讲了十五分钟,有十分钟台下鸦雀无声,甚至在一些观众的眼神中我读到了关切,他们好像在担心:你会不会讲着讲着就原地倒过去了?后来沈阳的演员来厦门演出,也遇到了同样的问题。南北方口音有差异,一线和三四线城市关心的话题也全然不同。比较安逸的城市更想要一些纯快乐的表达,而北上广的朋友往往会对褒贬时弊给予更大的喝彩。观众对演员的要求也在逐渐提高,尤其这两年大家学会了发 repo(观后感)来评价这场演出。我的专场巡演时,得到的好评满满,就在我沾沾自喜时,宁波演出突然蹦出来一条差评 repo,这条 repo 下面有很多同样看过我专场的人在附和,我才明白，也不是自己的作品多么好，只是有意见的人懒得上网点评罢了。面对差评 repo，演员本人是无解的，因为作为语言工作者，我们本来就是在表达不同的声音，不能只容许漂亮话的存在。但同时我们也是敏感易碎的，所以我们学会了搜索其他演员朋友的差评 repo，以此达到心理上的平衡。

　　脱口秀的演出场地也有很多讲究。很多人一直以为只要在有观众的地方就能说一段，这跟过年回家被亲戚喊起来表演节目一样尴尬。我第一次讲脱口秀是在民宿公司的年会上，那是一个酒楼临时搭出来的舞台，我是第一个节目，主持人把我喊上去时，菜正好上来了，所有人开始动筷子，我站在台上像个傻子。像这样的场合，还有一次是在新楼盘的开售会上，那时候我已经开始正经讲脱口秀，我站在天台上慷慨激昂，路过很多小孩、大人，大多数人侧眼瞄一下后就走了，我的声音跟着往来的风声一起飘到天边。我们管这样的活动叫作堂会，堂会的酬劳要比演出多一些，我们也管多出来的部分叫作精神损失费。还有电影院也是早期脱口秀最经常演出的场合，尤其前几年没有什么卖座的影片，电影院就把闲置的场地低价出租给俱乐部。电影院的座椅是阶梯式的，观众天然比演员要高，坐下去总会不自觉地带着一些凝视。脱口秀的剧场讲究聚气，要把笑声往台中拢，电影院恰恰相反，观众一笑出声，两边的海绵墙就快速吸进去了。我的第一场商演是给付航专场开场，他也是我目前见过的唯一一个能够在电影院还掀翻场子的人。

自由职业也意味着任何时候都有可能在工作，做了这份工作，最大的挑战应该就是失眠。所有的灵光总会在凌晨两三点才乍现，拦都拦不住，打开手机备忘录记下来，我就会兴奋得睡不着。这股劲会在五六点天微亮时演变成焦虑抑郁：怎么办，新的一天要开始了，我该怎么办。后来我尝试用褪黑素压一压，挺有用的，但开始有了依赖性。去年有一次在福州，第二天有两场专场演出，头一天忘记带褪黑素，我心里想也没事，挺一挺，累了就睡了。四点，五点，七点，八点，不行了，外卖叫了一瓶，我开始在房间期盼着，不断地看配送到哪了，在门口毕恭毕敬等着酒店机器人上来，疯狂地撕开包装袋，咕咚咕咚吞下两颗，躺在床上感觉是不是生病了。但转念一想，这是很多人求之不得的机会，如果因为要付出的代价而懊恼，对于那些机会难得的人来说就更不公平了。

很多机会诞生于机缘巧合，同时也无限脆弱，容易不翼而飞。2021年《脱口秀大会》第四季刚刚播完不久，我收到了拍戏的邀约，那时候觉得好不可思议，会有剧组看得上我并且选择我。我也不知道应该准备些什么，只觉得这是个难得的机会，很多科班出身的人等了很多年都不一定能等到。隔了几个月我进了组，开始体验角色生活，大概过了一周多，突然接到通知：我出演不了了。当时挺难受的，我带着巨大的失落感从上海回到了厦门。没过多久，上海也进入了长达两个月的冷静期。我以为跌进深渊，没想到深渊兜住了我。

这两年我也学会去主动争取机会，参加《脱口秀大会》第五季的时候，我准备了一段五分钟的段子，专门讲自己很需要商务，希望品牌方能看看我。做这些是因为前一年节目播出之后，其他演员陆续都接到了品牌的商务合作，而我没有得到任何邀约。我开始在想，是不是我的特质限制了商务属性，品牌方担心在用我的时候会让大家认为是在消费我，在绑架其他人？那唯一的解决方案就是我自己去争取，说破无毒。那篇稿子播出时我其实挺紧张的，害怕观众会觉得我很功利，觉得我不满足。好在所有担心都是多余的，大家极力地帮我推荐，后来我接到的每个商务，大家都会由衷地为我开心。商务的形式一般分为两种，一种是定制脱口秀录制，操作比较简单；还有一种是 TVC 广告，如果有后者的邀约，就等于品牌方为你量身定制一个广告大片。我的第一条 TVC 广告邀约来自一个品牌的冰淇淋，知道这件事的时候我特别开心，感觉自我价值又进阶了一步。那天有两款冰棍和一款雪糕产品拍摄，原以为是件不难的事情，没想到因为多机位、拍摄手法以及 NG（重拍）等各种因素，八个多小时前后我吃了六十几个产品，到那天晚上已经把现场的库存都吃光了。我感觉自己整个舌头被冻麻了，后来在西安躺着歇了两三天。但自始至终，在疲惫的同时我都感觉很开心，每隔一段时间就问工作人员成片出来了没有。

上完节目之后的生活总归是比之前要好许多，演出邀约和商务活动的数量都会比普通的线下演员要多好多。一个全职的线下脱口秀演员在上海每天要赶两到三场，才足以补贴他的生活，同时因为没有名气，而脱口秀俱乐部的观众构成在一段时间内是重复的，所以必须不断地创作打磨新段子，才有可能得到更多俱乐部的演出邀约，这也意味着在跑商演的同时还要兼顾去开放麦练段子、改段子。上节目前的一年里，我会要求自己每天都必须写点东西，每个月必须有一个新的五分钟。上完节目之后，创作频率开始减缓，尽管我在脱口秀演员里面算得上比较勤奋的，但也没有之前的那股劲了。究其根本，就是尝到了名气的甜头，哪怕是一个很简单的"预期违背"，因为你是节目的演员，观众天然就会有滤镜。我一直在警醒自己，不要因为享受而变得慵懒，可人的劣根性总会在某些时刻冒尖。最近两年有些商务活动，品牌方安排头等舱、豪华酒店，我也从很不好意思逐渐变成理直气壮。我知道，自己的心态在悄然改变，我告诉自己，别乱了阵脚，如果一直处在高位，就说不了人话了。

我一直都觉得能做这份工作是上天的抬爱。2020年5月底，我第一次登上开放麦的舞台，还不知道所谓的开放麦是个什么样的演出，只觉得自己有了登台资格，要表现好一点。那时候我还在上班，我会在工作时间"摸鱼"疯狂背稿。演出场地是开在厦门一个商业广场地下的小酒吧，环境非常局促，能坐二三十人，光演员就有七八个了，当时我以为这些都是"前辈"，后来才知道他们也是刚刚来讲段子的新人。第一次上台非常紧张，戴着一顶贝雷帽，帽子下面的那颗头感觉永远抬不起来，站在台上半天憋不出一句话来，能听出来观众的掌声从鼓励到质疑再到些微的不耐烦。他们在等台上的人说话，他们在审视台上那个人，这种"审视感"在我以往的人生里也不少见，但在这个场合里，它变得集中、自然、正确。当我给自己打气讲完第一个段子时，台下迸发出奇妙的掌声，那种狂响打破了我从生下来就自觉会永远寡淡的人生。这个机会我抓住了。

再到后来的笑果训练营，当时我讲脱口秀半年不到，一看报名的人数有一千五百多人，然后要从中选择五十个人参加第二轮笔试，我心里在想肯定没戏，报名之后也没放在心上。11月初我在北京参加"奇葩说"千人捞，得到了通过初选的消息时，我整个人都蒙了，然后在大兴机场附近的一家快捷酒店的无窗房里完成了笔试，11月底收到通知：我成功入选，可以订票了。我却以为是诈骗电话给挂掉了，幸亏工作人员打了好多次，不然我与这个机会就失之交臂了。

训练营结束之后公司开始聊签约，当时我觉得自己太稚嫩了，也从来没有想过要上节目，所以就拒绝了。12月底参加了北京的"单立人原创喜剧大赛"，开始被全国的俱乐部熟知，考虑了很久，我决定全职做脱口秀。那时候暗暗下了决心，如果2021年赚的钱没有2020年的工资多，那2022年我就重新找一个班上。那年我开始疯狂地演出，全国各地跑，接受来自各个地方观众的"审视"。跑了很多地方，但是每个月的收入都不如之前正经工作的多。我想我需要利用我的专业，做一些自媒体来营销自己，不过都没有什么起色，直到清明节发布了一个关于父亲离世的段子视频，被很多喜剧界的大咖转发。后来《脱口秀大会》节目组也是通过这个视频找到了我俱乐部的老板，邀约我上节目。这一切对我来说都太过梦幻了，二十几年缓慢的成长弧线有一天在空中飙出了一笔，所有人都始料未及。我的老板、来疯喜剧主理人Lucy有一天和我说："你总觉得爸爸没看到很遗憾，但是我感觉爸爸看到了。"

  以上这些话是我有段时间面对不同的媒体的统一说辞，上节目之后我曾经最高纪录是一天面对四家媒体，把同样的话说四遍。那时候没有商务，但是有很多采访，我很感谢能有这样的曝光宣传的机会。我最难忘的关于我的一篇报道还是上节目之前《南方周末》的一个深度采访，我记得那个编辑当时还是中国传媒大学在读硕士生，和媒体是合作约稿的关系。他来厦门，我们先在他住的酒店碰了一面，然后他说："我想跟着你生活四五天，没有需要对谈的部分你都可以不用管我。"接着他就在我当时住的城中村订了个几十块一晚的旅社，破破烂烂，卫生条件也堪忧。我说你要不跟我挤挤？他说那倒不用，让我每天醒来出门喊上他就行。那几天我俩形影不离，最后一天下午在沙坡尾咖啡厅对谈时，他说出了他眼中的我——狡黠、拧巴——这些我以为藏得很好的特质。在这之后他写出来的成文我看了好多好多遍，那个我真实、立体、多面。那几天相处之后我们也就不联系了，但这段"临时朋友"的关系还是让我很受触动。

脱口秀演员这份职业有别于所谓的明星艺人，它的门槛不高，几乎所有人都是从草根小人物一步步往职业方向走，但是哪怕走到家喻户晓的脱口秀明星这样的程度，其实也不算是一个真正意义上的艺人。现在有些新人朋友会抱着一炮而红的想法来讲开放麦，其实是在奢望。但我不敢直接向他们表达。我没有立场，我想。记得去参加笑果训练营，一共二十多个人，很多人已经讲了三四年，而且能在一千多人当中被选中，更是觉得自己不容小觑。第一天白天大家吵吵闹闹，有些朋友还特别爱指导资历较浅的人。当天晚上有个大咖分享会，是当年拿冠军的周奇墨——所有人心中神一般的存在。我们都以为他会分享一些上节目的经验和创作上的指导，但他只告诉我们他的生活习惯：每天看书，去公共场合观察生活，抽一个小时写写段子。那场分享会过后,大家的尾巴都收了起来,至少表面看起来是这样的。

一个话都说不清楚的人来做脱口秀,这是最初入行很多人对我的质疑。《脱口秀大会》第四季第一期之后,甚至还有人私信问我:"如果这么喜欢创作,为什么不在幕后?"我觉得有疑问无可厚非,但是如此先入为主让人并不舒服,我也很真诚地回答那个朋友:"可能你觉得循规蹈矩才是正确的,而与世界法则不同的存在就该消失,也许这就是生活中很少看到特殊群体的原因。"对方没有再回我,我也不确定他能否理解我想表达的意思,但无论是当时还是现在,我和这个行业都在齐步感受"刺激",我们都在窥探边界——人性的边界、话题的边界。2020年年底,我有一次在开放麦讲了关于死亡的段子,结束之后有个观众在观众群里发了句:"不要用死亡这件事开玩笑。"其他观众也纷纷表达自己的看法,大家褒贬不一。那几天厦门卫视《人生海海》栏目正给我拍一个纪录片,我还特地问了负责人:"这不会是你们安排的情节吧?"他们否认了。对我一个刚讲半年的新人演员来说,感觉还挺新鲜的，就是那种有点害怕被俱乐部批评，但又觉得话题得到了一些讨论，说明我的创作水平有在往前发展。如果你现在还能在网上搜索到这个纪录片，可以看到影片里另外一个脱口秀演员万一霖在抹泪，她说："我觉得这件事太有意义了，它在拓展话题言论的边界，但我又有些担心小佳，因为他以后要面对的比我们想象的要多得多。"如她所言，这些年我所得到的关注在螺旋式上升。也因为那抹眼泪，我们成为彼此的好朋友。

我过往的工作几乎都跟说话有关。大一暑期在厦门兼职做免费宽带的地推，给你一台免费的路由器放在店里，客人要花三到五秒浏览广告页面才能连上 Wi-Fi。那份工作要深入每条街道的餐饮店、理发店等，大夏天走两步全身就发着汗臭，所有人听到我们免费的第一反应就警觉起来，急急忙忙把我们赶到其他地方。就算百里挑一有人感兴趣，也会因为需要登记个人信息而重新思量。那段时间尽管很累却很难忘，那是我第一次因为生计主动接受陌生人的"审视"。

2016年,我大学毕业出来找工作,因为设计师助理岗基本饱和,有家公司的业务部经理发短信问我会不会考虑暂时来销售部门工作。我挺犹豫的,就回复他:"我讲话有点慢,担心自己干不好。"他过了片刻回复我:"你先来试试,要相信自己。"那句话着实给了我很大的信心,后来混熟了之后才知道是他那个月招聘指标达不到,临时想出来的辙。

工作内容挺简单的,工作日打打电话,周末到楼下家装市场蹲蹲意向客户。业主在电话里听到我的声音,一般有两种反应,要么秒挂,要么产生好奇"你为什么讲话是这样的"。而当对方犹豫要不要挂时,我就极速把公司、活动内容等关键信息都告诉他,虽然也没那么极速,但是至少对方愿意听你多说几句。后来我也学精了,电话通了之后我直接打一个熟人牌,亲切地问道:"××姐,我是张伟,还记得我吗?"这种一般对方都不会挂掉,会反应几秒,甚至会表示有点印象。不过等我表露真实身份,对方也会比那种开局就挂的来得更愤怒。

周末我们一帮人会在家装建材市场拉客,那里更是大型的修罗场，但凡有个人从车上下来，不管是什么身份，我们都会一拥而上说："看装修吗，看装修吗？老板，来我家坐坐。"知道的是家装建材市场，不知道还以为到了什么逍遥之地。我甚至有段时间让客户把车开到商场后门再进来，客户都蒙了，心里在想这到底是不是正规公司。即便如此，业务员之间也会有君子协定，必须优先让客户去最初约的公司。这种蹲守客户的方法虽然很精准，但真的能蹲到的概率很小，我有一次就在其他公司门口死守一个业主，她答应我从这里出来会跟我走。我让设计师随时做好准备，我就在那家公司门口从下午五点多一直等，等得饥肠辘辘，加上那天下着雨，我感觉有些发冷，还是不想放弃，终于晚上快十点她从公司里面走出来，我说："姐，你刚刚答应我去我们公司看看，现在走呗。"她很礼貌地回答我："不好意思，有点晚了。"我知道她去意已决，就拿出情感绑架道："我在这一直等你，现在都有点发烧。"但还是没有结果。

做业务还有一个工作就是调查市场，我们调查市场的途径很简单，就是去到一个小区，从顶楼到一楼，把正在住的和正在装修的户型圈起来，其他的就是我们的意向客户。我曾经在一天的时间里，走完了三栋楼，一共一百二十六层，从楼里出来，天都黑了，相当刺激。大概谁也没有想到我会干过这种活，那天走到小区外面的沙县小吃店里真的缓了好久好久，点了个脱骨肉套餐饭，狼吞虎咽，不知道的还以为谁家小孩被虐待了。这还不算什么，最困难的是，有的高档小区门禁很严，你要躲过保安的视线还挺困难。他们有些人可以翻墙，而我只能趁人不注意冲进去。每次去小区扫楼都是一场身心的博弈，每次扫楼我总在想自己什么时候能住上这样的房子。

  我做业务销售工作前后有一年半时间，几乎都是拿着一千五百元的底薪，业绩上没有任何起色。不过我学会了好多好多技能，包括沟通套路、心理学、人性等，甚至后来脱口秀的素材，有很多都是得益于做装修业务销售这段时间的情绪积累。每个人毕业之后都应该来做一做销售工作，它能让人快速明白付出跟回报不成正比，社会是无法预测的。

  小武哥就是我在做装修业务员时认识的一个朋友，他和我几乎是同时入职的,因为比我大一岁,所以我习惯性地叫他小武哥。壮实雄武的身材,操着一股浓烈的东北口音,他完美符合了我对北方男人的印象。小武哥在厦门有一套五十多平方米的单身公寓,房子买了两三年,一直没住上,这次从香港回厦门,才算真正安了家。之所以在厦门,是因为他母亲再嫁到了厦门。父母在他上中学时就离婚了,离婚之后父亲就像人间蒸发一般,没有任何消息。后来母亲带着他南下,一边谋生一边供他读书,再后来母亲有了自己的家庭,他便一个人搬出来住。大专毕业之后,他听说在香港工作时薪高,便和几个朋友一起去了香港。去了才知道时薪是高,但能选的活并不多,在那里,就算是普通的销售员都要具备本科以上的学历,他一个大专生只能去工地。工地其实也不赖,一天下来折合人民币也能有七八百元。他说到这时,我发出一声惊叹:"这两天的日薪就赶得上我月薪了,你不想干我去干吧,这个砖我也能搬。"小武哥扑哧一笑击碎我的天真,他说:"搬砖是小工的活,要想拿这个钱,还得会抬杠。"杠是真杠,每天要把工地上的钢筋撂在肩头,人工运到车上。而且干实活最讲究效率，容不得半点"摸鱼"。小武哥说："夏天干活最难熬，钢筋在烈日下暴晒，尽管已经垫着毛巾，放到身上，皮肉还是会吱啦作响，距离烤肉的香气就差一个孜然。"他指缝夹着烟在烟灰缸上轻轻弹动了一下，手上的老茧多得像牛油锅里扑腾的泡泡，继续说道："这种工伤还不好走保险，一旦走了保险，就没有工地敢要你了。"小武哥说每年除夕回厦门会先去母亲家吃个团圆饭，但是团圆饭对自己而言并不是那么团圆，他更像是母亲重组四口之家的局外人，所以他总会早早退场，回到自己住处楼下买几瓶啤酒和一些酒配，自己和自己再重新干个杯，敬新的一年新的受难人生。

  小武哥来公司不到半年就又回香港的工地了，我们就失去了联系。2022年有一天，我早上起来刷朋友圈时，突然看到他发了条"再见了，×蛋的世界"，配图是安眠药片。我立马私聊，给他打语音电话，都没有任何回复，完了我也只能作罢，我们俩的交集甚至都没法通过请求第三人来帮忙。一直到半夜两点多他回复了我："兄弟，谢谢你的关心，实在不好意思，我没事了，你别担心。"正当我准备问情况时，他发来第二条消息："或许你能先借我两万块吗？我有急用。"我在屏幕前愣了片刻，不知怎么回复。

业务员的岗位人员流动真的很快，准确地说，每个基层的、可替代性强的岗位每天都在出人进人。有个同组的同事跳槽到隔壁栋新开的装修公司当主管，上班时候我俩关系还挺要好的，跳槽第二天他就请我吃饭，原本以为只是单纯的庆祝，没想到新官上任就先在我这放把火。他让我以后在公司打过的电话名单都给他拷贝一份，现在他就职的这家公司就是"毛坯"，我只要把家里的"涂料"共享给他一点就行。当然我也不白干，一份名单按五百元结算。他还说，我也没有签什么竞业或保密协议，哪怕最后公司发现，开除了跟着他干不就行了。要知道，当时我的底薪只有一千五百元，如果按照每个月公司的名单量，我这个"外快"可以顶我好几个月的底薪了。没想到第一份工作就面临诱惑，我经过了很多次思想斗争，最后还是拒绝了。我想，倘若开了这个口子，以后恐怕会萌生更多歹念。

2018年，当时面试我的部门经理带着整个部门想跳槽到另外一家公司，询问我的意向，我说我就不参与了，想去找一份自己喜欢的工作。

从装修公司出来，我就明确自己还是想做新媒体行业，但因为不是专业出身，也没有任何工作经验，几乎所有简历都石沉大海。这时我意识到自己可能应该退后一步，先看看较为基础性的工作，所以我开始做了淘宝的文案策划——一份真的不需要面对外界的职业。工作内容特别简单，每天根据对应的服饰商品，做图片搭配，并写出不少于二百字的推荐理由，每天保底十八条，底薪三千块钱。多写一条额外再加六块钱。整个工作室加上老板就三个人，我们在万达广场后面的SOHO公寓租了个极小的办公区，每天完成任务就可以回家，没有什么严格的打卡制度。我当时在想，这不就是大家所说的自由职业嘛。三千块虽然不多，但是节省一点完全够花，于是我每天过着上下班、回住处看剧看综艺的日子。就这样过了大概半年，那种自由的新鲜感就无影踪了，枯燥乏味开始成了我的生活基调。人在没有生活动力的时候往往就会去健身，我把攒了大半年的积蓄都买了私教课，每天去健身房使劲练，私教课是按月算的，教练说："很少看到有人把钱花得这么值的。"

2019年过完年，工作室的老板说他不打算做了，他准备去找份工作。我说你找份工作，那我也得找工作了。说实话，一年的工作经验就想找个新媒体岗位也非常勉强。只不过这次沉入大海的简历被一家初创型公司捞出来了。虽然那家公司已经开了十年，但还特别谦虚地自称"初创型公司"。那是一家开在厦门曾厝垵的酒店公司，公司旗下有九家民宿和两家酒店，实体生意做得特别好，但是从来没有做过推广宣传。当时面试的时候让我给他们即将要做的民宿品牌编一个浪漫的故事，我说："品牌故事不都应该有一些历史进程？"老板说："我们没有历史，但可以捏造历史。"要不说人家可以当老板呢。因为捏造得太好，我就入职了。

整个新媒体部门就两个人，我和我的主管X，公司的老板都有三个。X能做主管，是因为他来公司比我更早。一开始做的时候，我们两人都毫无头绪，每天把该更新的平台软文更新完，两个人就开始"摸鱼"。每周开例会，老板要转化效果，我们就统一口径，从宣传到真正转化都需要时间。我真正开始负起责任是在进公司第三个月，X离职了，老板把我喊到办公室，说接下来这个部门就交给你来负责了。世袭主管制，我的工资也从原来四千元提到了六千元，工作时长从早九晚六变成了早九晚十，我也是在那一刻才明白所谓初创公司的含义。招聘、写文章、客服咨询、活动策划，就连民宿的软装布置都归我管，老板说："这不是跟你行业对口嘛。"晚上还要到门店里巡房，检查房间的角角落落，提出卫生问题，把问题发到公司大群。但没有人解决问题。也是在那段时间，我对新媒体的认知能力得到了质的提升，从内容运营、活动策划再到流量运作，部门也从我一个人扩充到了四个人。后来公司旗下新开了一家网红咖啡厅，我们部门通过这个项目在本地线上达到了高传播量，开业两个多月几乎每天客流量都爆满。这些工作我虽然没有拿到绩效或者奖励，但我学到了我想要的，也感觉实打实地开心。按理说所有事情都特别顺理成章，但2020年春天突降的祸运也彻底打翻了旅游业或者说是各行各业的棋盘。

曾厝垵是厦门一个特别重要的景点，在 2020 年以前，基本每个来厦门的人都会选择到这里来，尤其旅游旺季，景区物价都能成倍地翻。买早餐时我问小笼包怎么卖，店家说一笼十五，我说我是在这上班的，那大姨便很果断地说："五块就好。"2020 年开年，源源不断的退款电话打来，曾厝垵的民宿相继关了一百多家，我们开始居家办公，昔日的美食街的人潮盛况也不再重现，连早餐店的小笼包都老老实实卖五块钱。

好在当时我们整个部门都没有懈怠，开始利用之前十一家门店的私域流量做起了电商生意。我、我的顶头领导、门店店长三个人开始选品，先是卖柿果，通过饥饿营销，卖出整整八千斤，接着又复刻了同样的形式卖了猪肉脯、牛轧糖等，我们几个把损失尽量弥补一些。3 月初，老板看到我们的干劲，召集开会，让我们自主成立电商公司，我们三人入股大头，他只要参与一点即可，这个方案我们欣然同意了。又隔了半个月，老板说他想了想，还是他来牵头，我们仨可以以员工入股的方式来投资。大概隔了几天，老板约我见面，他说他经过深思熟虑，决定把我重新放到新媒体的部门，电商这一块事务就不用再管了。

力挽狂澜之后被火速踢出局，这种低劣的操作令我非常恼火，我把这一年一五一十所做的不求回报的都跟老板清算，老板坐在椅子上听我歇斯底里。有时发疯真的很爽。

离职的时候是夏天，那时候新冠肺炎疫情在国内得到了暂时性的控制，旅游业慢慢恢复正常。但所有人都明白，即便怎么恢复都难以回到半年之前的那种状态，更想不到接下来两年多世界将发生的种种。在景区里迎来送往一年多，这次我把自己送走。

恰逢此时，我接到了厦门来疯喜剧主理人 Lucy 的电话，她说："我们的开放麦恢复了，邀请你上台讲一段。"不知道从哪儿来的勇气，我应下来了。我走上了酒吧里那个只有三十来个观众的舞台。

做脱口秀这个行业跟公司上班有区别，它没有明确的晋升渠道，但是人气和能力决定了每个演员能站在多大的舞台上。2021年刚上节目时我只比了两轮赛，节目过后举办了人生中第一个脱口秀的主打秀。头两场分别定了四百人和六百人的剧场，但是临到演出前两天，票房还没有超过四成，只能让比较带票的孟川和广智来助阵。当时我的制作人问我："两个惊喜嘉宾是在你之前上台还是在你之后上台？"我说："如果在我之后的话，观众会不会一直在期待他们的出现，那我的主打秀就不是主打秀了。"制作人说："那在你之前上台你不会有压力吗？"我回道："这是我要做的功课。"后来剩下的四场主打秀只敢在一两百人的小剧场举办了。我暗自下决心，有一天我一定要把自己的作品带到可容纳上千人的剧场。2022年我开始被邀请到千人大剧场演拼盘，一方面很开心，另一方面又苦恼自己在大剧场里只能开场，开场意味着热场，没法像后面几个位置一样享受到更响亮的欢呼声和掌声，我又开始下决心，有一天能够在大剧场里作为后几位出场。2024年我第一次在上海的千人剧场演了自己的专场。我想我好像做到了，在剧场斑驳的光影里，我头一次觉得这一路走得不快不慢，刚刚好。所有的工作经历都早已荡漾在基因里，它让我从容。生活的轴线是波动的，也许有一天我又只能回到小剧场里演出，甚至被迫告别这个行业，那我就回到民宿里拍拍照写写文，回到电话前继续对着客户夸夸其谈。但这些并不是次选，而是散场之后的千百种或好或坏的人生。

我想我不那么恐惧散场了。

勇敢的人

第二回在机场送萍出国了,每次她和家里人总要在机场痛哭上一阵,尤其这一次多了女儿,尽管临走前已经紧紧依偎好多天了,却还要抱上好一会儿,她才舍得放手进去过海关。下次回国,女儿会长大成什么样呢?她想。眼泪是亏欠的补剂,她知道这条路是自己选的,她得走下去。

中学时,我常称萍为"阿姊",虽然她只比我大两个月。那时候的她脸上带着一点点婴儿肥,皮肤有些泛着棕黄,长相在班级里算不上出彩,却让不少男同学频频沦陷,光是我们班就有三个。萍的性格太招人喜欢了,连我这种不知道该怎么和异性打交道的普通男生,看到她在课间说笑都能感觉世间美好。第一次接触萍的方式也相当笨拙,我在体育课上躲在树下略带猥琐地问道:"你知道现在几点了吗?"现在回想,要是没有起这个头,可能也就没有后面这十七年的同舟共济。萍是我初中第一个认识的女生,也成了我生命中来往最久的好朋友。

上初二时县城三所中学合并,我和萍分到同一个班,她当时是我们小组的组长,每次英语课收听写作业时,我总是写不完,她就会先略过我收别人的,有时都收完了我还没写完,她甚至会在原地等我一会儿。

我们真正熟络起来是在李希的生日派对上。李希是隔壁班的,来县城之前,她和我一起在镇政府大院里长大。李希初一考到了县城,和萍成了同班好友。那场生日派对是在县城的一家饭店举办的,饭店包厢里有一台点歌机,我们吃得差不多了就开始唱歌。一首歌唱到中途时,两个喝多了的黄毛小子闯进我们的包厢,甚至开始要对女生们动手动脚。我和在场的另一个男生愣在原地,还不知道该怎么办时，萍已经拿着一瓶可乐站起来大吼："出去，不然我让你们爬着走！"一个小子调笑道："妹妹，别生气，是不是觉得被冷落了，哥哥来陪你。"边说边朝萍走过去，萍把那瓶未拆封的可乐砸向他的裆部，一瞬间"海枯石烂"。我出去喊了服务生进来，这场闹剧才算告一段落。从那之后，萍在我眼里就是女侠。

有一次，我从李希那里得知萍快过生日了，便去文具店买了礼物，这也是我第一次给女生挑礼物。其他男生都是送围巾、项链什么的，我没有什么零花钱，挑了支圆珠笔，那圆珠笔的笔盖上还有特别的挂件，是几张塑料的一百元人民币模型，非常彰显富贵。我附了张字条："生日快乐，我们能做好朋友吗？"后来萍说她拆开袋子看到礼物后又好笑又无奈，想都没想，就把笔转送给她妹妹了。

第一次去萍家是跟着李希去的。她家在城郊的一个小村子里，只有一层，屋子四面全是褐红泛黑的裸砖，地上铺着不太平整的水泥。萍的阿公阿嬷、父母，还有她和妹妹一家六口人坐在客厅里。萍的母亲招呼我们坐下，她阿嬷开始端水泡茶,电视里正放着舞曲,她父亲就拉起正做作业的小女儿跳了起来,也没管我们两个客人。而且对长辈萍竟然不用尊称,家庭内部每个成员都有特别的外号,长辈们看起来也习以为常。在我的印象中,两个女儿的家庭,在那时候甚至现在的闽南,都很少见,更别说如此和谐的家庭氛围,让我这个在板正的家庭里成长的人暗自艳羡。

上了初三,萍谈起了恋爱,从众多的爱慕者中挑了一个离我最近的——我同桌。我同桌是典型的教师子女,爷爷奶奶是退休老师,母亲是隔壁班的物理老师。他们谈恋爱的状态取决于男孩母亲在学校有没有课。两人上课时眉来眼去,字条纷飞,我是中间那快递,有时候传来传去我先恼了,"你俩什么话不能下课说吗?"男孩说:"下课说哪有上课说有意思。"我像极了他们爱情的掩护,有时候两人放学还要留下来亲昵会儿,硬要我也留下来以免被怀疑。他们互相抚摸对方脸颊时,我说你们俩要不也腾出一只手摸摸我呢。

有天中午,男孩母亲出现在教室门口,他们一直以为能瞒得过她，却忘了办公室同事可以互相交流。男孩母亲拿出平时上课的威严，踩着高跟鞋就进了门，我那同桌顿感不妙，立马就跪到了母亲跟前，萍大抵也被惊到，跟着跪下来。男孩母亲望向我，我跟她对视了一眼，也跪下了，跪下那一刻我就后悔了，我为什么要跪下来？

那几天萍的情绪极其低落，有天放学她一个人跑到操场哭得歇斯底里，老天也找准了时机，落下一场大雨。我打算去操场找她，但不知道这种时候是该我去还是我同桌去，后来我们俩商量了下，还是我去。见到萍时，她浑身都湿透了，我已经分辨不出她脸上的雨水和泪水。我把伞撑到她头上，她说："你别管了，我就这一下就好。"我也没有多说什么，把伞抛开，陪她一起淋雨。这情节有点像是受到偶像剧有些情节的荼毒，但在少年时代真觉得很酷很疯狂，我们两只落汤鸡看着彼此，淋着淋着就笑了。

后来我们俩有很多这样的时刻，在对方难过痛哭时会忍不住也陪着大哭，只有我父亲去世那次是例外。那时她已身在大洋彼岸，我们之间有十三小时时差，她睡醒收到信息立马就给我打微信视频通话，我和母亲正在整理父亲衣柜的衣服，我接起来看到她的脸时，已经快绷不住，声音都在发颤，她说："想哭就大声哭出来。"一旁的母亲也听到了，我和母亲对视了一眼，说："没事，没事。"话音未落，屏幕那头先爆发惨烈的号哭，我只能安慰她："别哭了，真的没事。"母亲也加入安慰，我们两个家属着实没想到太平洋那边往东亚的陆地开闸了。

上高中那会儿，我们一起憧憬过未来，我说我想当个作家，有间全是书的书房，李希想当个电影导演，萍说想当个老师。我挖苦萍，比起我和李希，她的梦想好安稳，好没创意。萍说她就乐意过安安稳稳的日子。没想到后来我们当中最求稳的人跑得最远，嫁到了地球的另一头。

丈夫是她复读班同学，我们都叫他"肥仔"。肥仔坐在萍的后桌，有一天他要出校，萍转过头和他说："能不能给我带个鸡腿，炸的卤的都可以，算了……我要两个。"肥仔后来说就在那一瞬间他突然喜欢上了这个女孩。在复读班谈恋爱，是个相当"朋克"的行为，结果也不难猜，高考成绩出来，他们双双下了本科。不过也有收获，萍上中学时病恹恹的身体在复读这一年有了质的改善，整个人面色好了，还胖了二十来斤。萍说肥仔像是个老父亲，在学校每天变着法让她吃饭吃菜，不许挑食，不许节食。我跟萍说别人是来上学的，你是来康复的。这也成为后来萍的母亲和阿嬷能接受她出国的原因，她们觉得这个男孩应该是很爱她的。

出国的事情是在高考之后肥仔才告诉萍的，肥仔的舅父母是在秘鲁二十多年的老华侨，他们在秘鲁首都利马开着一家中餐厅，如果肥仔高考考得不好，家里就会把他安排过去先帮着打理餐厅，攒攒经验。这次一去可能要六七年，他让萍考虑看看这段感情还要不要继续走下去。肥仔原本以为萍会失望，会闹脾气，但恰恰相反，萍只是给他点了个头，比了个OK的手势。这一下给肥仔整不会了，他觉得萍没有表现出不舍，又有很多的忧虑，主动提了分手。萍也被这突如其来的分手整不会了，怎么全力支持还有错了？又无助又难受，暑假我们几个朋友便拉着萍去KTV唱着《单身情歌》，一群人抱头痛哭，拿着话筒说："他不要你，还有我们呢。"转头九月，两个人又复合了。

就这样，肥仔出国了。他们保持了三年多的异国恋。在这期间，萍努力地做家里的思想工作，想着大学毕业后就出国和肥仔会合。起初她家里没有一个人持赞成意见，再之后萍的母亲和阿嬷慢慢接受了，唯独萍的父亲始终没能同意。后来我才知道，家里最开始安排在萍身上的任务就是找个入赘的女婿，一个没有儿子的闽南家庭，大女儿就要扮演儿子的角色。本来就没打算让萍远嫁，这下好了，直接干到国外，还是越过大洋的另一边。那段时间萍尝试了很多方法，先是来软的，撒娇、流泪，后是死磕，下跪、离家出走，但对她父亲都无济于事。与此同时，肥仔也不断地和萍家里人联络，搞好关系。2017 年年初的一天，萍的父亲终于答应让萍去秘鲁。那天晚上肥仔给萍父打了三个多小时的视频电话，说了自己对未来的规划，从小家说到大业，许下很多承诺，也做了保证。这通电话像是一场父亲与丈夫之间的盛大交接。但也是有条件的，萍父要求以后两个人如果有了小孩，小孩必须放在国内。"人有时很奇怪，三年的软磨硬泡，我父亲都没松口，那一个晚上，我父亲就应下来了，说完之后他就像小孩一般在客厅里大哭起来。"萍说。我问萍她自己是什么时候才下定决心的。她说果然只有我发觉她没那么坚定,她其实一直没有想好,直到大学的实习带教老师了解她的情况后,和她说:"所谓的家庭都有各自的功课,如果一个女孩被家庭困住,那她就永远会被困住。去长远见,去经历事情并不是坏事。"就是这番话让萍想通了许多,在出国这件事情上,带教老师绝对起到了推动作用。

2017年下半年,肥仔自己的中餐厅开业,时隔两个月,萍也飞往秘鲁。家里人包括肥仔在内都劝她不用那么早过去,等餐厅运转一段时间也不急,但是萍还是一如既往地延续着她的那份倔强。她告诉我,只有两个人共同把这家餐厅一点点做起来才有相处的实感,如果没有磨合,不主动迎接矛盾,将来就会有更多问题出现。我想她已经做好准备了。

第一次送萍去机场,整支队伍浩浩荡荡小二十人,不知道的还以为是什么明星团队。我和李希在厦门机场接的他们,车门打开,我看到她,她的母亲、阿嬷脸上都挂着泪痕,面露苦相,大概在车上已经哭过一阵了。从机场的门到送行的通道不到五米，我们却整整待了三个小时，每个人都嘱咐这嘱咐那，我和李希在远处看着，站在我们身边的还有萍的父亲。他沉默不语，手里紧紧攥着女儿的行李。

萍在秘鲁的生活并不一帆风顺，我们初入职场的生活也磕磕绊绊。我们仨有一个微信群，因为时差十三小时，我们便约着每周找一个大家都醒着并且有空的时间视频聊天。那时候我在装修公司当业务员，每天过得凄凄惨惨，李希在一家传媒公司做实习导演。萍会和我们分享近况，去上了西班牙语课，去学车了，开始帮店里打理财务，肥仔带着她去唐人街采购了很多中国食物。每次提起这些，她都带着爽朗的笑声，一如我十五岁时认识的那个无忧少女。如果没有伴随一些崩溃时刻，我总觉得她在那生活得很幸福，比如她的签证的有效停留时间只有九十天，每隔九十天她就要飞到邻近的厄瓜多尔待一晚上再回秘鲁，还因为是外籍人士总要常常接受盘查，所有琐事赶在一起的时候，她就会崩溃，崩溃时她总说想回家，想家里人，虽然这里的人都很好。我们"陪哭团"也跟着上线，她一边哭着一边还问我们工作怎么样了，我们就哭得更厉害了。

萍和肥仔还曾爆发过一次很大的争吵，起因是肥仔白天顾店，夜晚闭店之后还要去找朋友们打麻将——赌钱的那种。任凭萍怎么劝止，肥仔都认为这不过是解压的方式，有何不可。那大半个月，萍突然觉得这不是她想要的婚姻生活，但是回程的机票将近两万块钱，想要扭头就走的洒脱很难。她先给我打了个电话，问我有没有可能借她些机票钱。我那时候刚刚实习，手头微乎其微，我跟萍说我去找人借借，萍说算了。我提议要不和家里人说说，萍死活不愿意。"我说了不就代表我输了，我咬碎牙都不能说。"她说。我实在无奈，吐槽她又孬又爱犟。没有钱但有办法，萍在身上备了些盘缠，收拾好行李，去超市买了好多吃的，在利马找了家很小的旅馆舒舒服服住下了。她还嘱咐我，要是肥仔问起来，就假装不知道，最好表现出慌乱着急的样子。我被她给逗笑了，她永远是那个她。没过当天肥仔就急了，如实地把来龙去脉都跟萍家里人说了,萍父先是把肥仔骂了一通,接着也没顾时差给萍打了好几通电话,萍接起来那头便说:"机票钱要多少?我给你打过去。你马上订票回来,你爹在这儿,谁都不能欺负你。"那通电话让萍知道这个家没有人在和她赌,关键时刻他们给的全是底气。

肥仔下跪求萍别离开时,我以为萍会和以前一样不管不顾,但她却选择给肥仔机会。"后来冷静下来,发现这就是当初说的磨合,我要是真回国了,往后再碰到这样的问题我还是解决不了。"萍说道。也许萍是对的,每个人具体的生活,都要各自面对。再说,她从来都不按常理出牌。

学生时代我和萍憧憬过婚礼,婚礼上有个帅气的男人,萍穿着拖地的婚纱,站在神圣的礼堂里。周围全是好朋友,我们围成圈唱歌跳舞,死活没考虑其他宾客。除了帅气的男人,其他的都在萍的婚礼上实现了。2019年,萍和肥仔先后回国,打算待上半年,顺便把婚礼给办了。后来出不了国,婚礼也一直拖到2020年的7月。婚礼前夕，为了给萍准备惊喜，我联系了中学时代的共同好友，其中很多人其实已经与我失联很久了。我还到画室用我这双不太灵巧的手绘制了他们的婚纱照，和婚礼主持人串通好哪个节点上台。一切准备就绪，我们几个从不同的桌席上穿着校服向舞台迎去，对新郎新娘展示略显拙劣的歌喉，每人拿着一朵玫瑰花递到了萍的手里，递到了青春的手里。我脑海里出现很多人生阶段的闪回：一起在学校操场给萍过生日，我生日时萍送了我特别想要的洋娃娃，还有李希执导的第一个纪录片项目大功告成时，萍特地托人放的烟花。台上所有人泪眼汪汪，台下亲戚们吃得贼香。

  大概隔了小半年，萍在群里分享自己怀孕的喜讯。世间能量守恒，有些事情就是因祸得福，如果不是回国这么长时间，小两口根本没有那么快要小孩的计划。看着萍的肚子日渐隆起，我经常有些莫名的虚幻感，这还是初中时和男朋友吵架在操场边上啼哭整场大雨的那个女孩吗？我以为我们都是孩子，她就要成为母亲了。她会一直幸福吗？她一定要一直幸福。

  孩子出生十一个月后，肥仔先回到秘鲁，萍留在国内照顾孩子。2023年年末，肥仔的第二家中餐厅开始筹备，萍必须回秘鲁搭把手。女儿出生的这两年，萍陪在身边凡事亲力亲为。第二回在机场送萍出国，送行队伍里多了一个小女孩，她不知道自己的母亲要离开多久，但她好像意识到了母亲为什么总会三不五时让她在家要听话，她拥抱了萍，准确来说是萍靠在她的肩上啜泣，女孩突然开口："妈妈不哭。"她好像突然理解了当年自己执意漂洋过海时，父亲那份妥协里的不舍。世上的感同身受往往来得后知后觉。

萍去秘鲁之后，女儿都待在娘家，由萍的父母照顾。萍每天和家里视频聊天的时间变得更长，有时候也不说什么，就把手机放在面前，为了多看女儿两眼，她在看着她的女儿，她父母也透过视频在看他们的女儿。日子一久，小孩便不和萍亲近了，有时候把视频转向她，女儿便挂掉，这让萍心里很不是滋味。2024年夏初，借着李希结婚的契机，萍从秘鲁回来，她说她实在太想念孩子了，趁着店里不是特别忙，机票也便宜，就回来了。而且她和肥仔考虑再三，想把孩子带过去。我说那你父亲那边……她说她都知道，但是她觉得小孩应该得到的是面对面的父爱和母爱，她不能逃避责任，也不能让自己的父母再重新养自己一回。我有点不理解萍为何要折腾，每个人生阶段都要给自己出这种难题。萍说："活着就是要折腾，我相信我爸能说得通的。"

我曾问萍："你有过后悔吗？"她沉默片刻，说："从不，我还希望我女儿也这么酷，无论哪个人生节点，都能和她妈一样，勇敢爱，勇敢活着。"我说："行吧，那我以后也在她旁边笑她和她妈一样恋爱脑。"十七年好似恍惚之间，什么都没变，又什么都变了。

同样的问题我在2025年的开春也问过李希。半年多以前，迫于家庭压力，她和交往两年多的男友结婚了。但她还是精心策划了一个结婚纪录片，新婚夫妻骑着单车走遍镇上李希成长的每个角落，最后走向了婚礼现场。剪出来的成片里李希满脸洋溢着幸福，萍还说李希藏私货，这种点子怎么没想用在她和肥仔的婚礼上。

三个多月前，李希在丈夫手机里发现了不雅露骨的聊天记录，猜测丈夫对感情不忠。纠结一个月后，她鼓起勇气给丈夫的聊天对象打了电话。对方表示自己不知道男人已婚，现在知道真相了，她会主动退出，并希望李希和男人还能好好相处。将近一百二十分钟的通话，两个女人用最平和的口气对谈两段相交的感情。后来这段录音也被放进了李希的离婚纪录片里。片子里还有李希和父母的多次沟通，充满了无奈，甚至包含对离婚女人名声不好的争执，有民政局里丈夫的气急败坏，还有李希在法庭上拿着DV的自我倾诉。纪录片没有对外发布，李希说她还需要些时间。这半年李希活成了一部艺术作品。

"你有过后悔吗？"

她摇了摇头说："开始和结束我都是被迫选择的，但我都接得稳稳的……就够了。"

和世界失联

父亲进入火炉那一刻，我知道他和世界彻底失联了。

我有很多次设想过父亲的死亡，甚至上中学我们父子俩吵得最凶的时候，我还曾放下狠话："你肯定比我要早死，你进火炉的时候我一定会在外面鼓掌。"但现在我站在火炉前，看着父亲的躯体不断地焚烧，心情相当复杂。二姑阿花在我背后边哭边喊着："生啊，快跑啊，带着魂跑啊。"里头火苗子嗞嗞作响，感觉在回应着："那我走啦，我就先走啦。"按理说焚烧的过程中家属只能在前厅等着，是我阿叔托了关系我们才得以进了焚烧房，没想到人情世故在这种死亡中转站也管用。

从左到右一共六个焚烧炉同时在运作，烧完这一个立马下一个。我有一瞬间恍惚，炉子里烧的根本就不是什么人，而是一个又一个瓷器。前厅里等待的家属熙熙攘攘，有的玩手机，更多的在相互攀谈，平静略带倦意地攀谈，炉里的人虽然不能喘气，但是炉外的人终于可以喘口气了。该哭的在家几天已经哭完了，现在就差最后一步，结束了生活各自都得继续。我凑近我堂哥耳边说："应该把我爸照片P老一点的，现在放在这一排显得英年早逝，很是可怜，一看我这儿子这样，更可怜了。"堂哥用手肘撑了我一下，说："你能不能别在这逗我笑。"

父亲是被救护车送到县医院的，在家午休的母亲接到电话，带上抽屉里所有的银行卡，穿着睡衣骑着摩托就飞奔了过去。躺在病床上的父亲意识微微清醒，用虚弱的声音喊着："没什么代志，我要回家。"血糖超过了正常指标的四十二倍，三条血管堵了两条，那个医生看着愣在一旁的母亲说："得上除颤了，要万把块钱，弄完了也不乐观，要弄吗？""弄，多少钱都弄。"

"我那次就该坚持带他去市医院的……"母亲每次讲到父亲都会提这一句。父亲临走前一周的某一天突然说自己心脏很不舒服,刚好母亲第二天要去市里开什么动员会,想着顺便一起去市医院看看,父亲也答应了。第二天母亲喊父亲一块起床,等到母亲一切准备就绪,父亲还躺在床上。为了赶时间参加动员会,母亲就没有继续动员父亲了。他总是临时变卦,看心情做事,这点我深有体会。

我大学刚毕业那一年,父亲刚步入半百之年,身边朋友的父母也差不多在这个年纪上下浮动,不说身强力壮,也是个个硬骨头。父亲恰恰相反,没什么精力,经常看着看着电视就在客厅他那把专属的太师椅上睡着。2017年开春有一次他在单位楼梯上摔断腿,从那之后,行动比以前更为迟缓。我以为是伤筋动骨的原因,父亲慢慢就会恢复过来,结果腿好了,脑子更迟钝了,上一秒回答他的问题,下一秒又问了一遍。不仅如此,他的脾气也比以前更差了,到了饭点母亲的菜还没买到家,他就打电话开骂了。母亲在外面跑业务,晚上过十点还没回家,他便开始一分钟一次地"连环夺命call(打电话)"。那种窒息感可怕到我一度劝母亲干脆就中年离婚，独自生活更踏实点。多年之后我才想到，他准点就要吃饭的习惯会不会跟他的血糖有关系，他糟糕的脾气是不是因为身体不痛快，答案总是来得太晚。

那几年我一直设法让父亲去医院体检，用尽理由，骗他说已经交了钱，把他骗到医院门口，甚至说对象要和我结婚，对方家里想看看男方父母的健康情况，都没有起效。老头该迟钝的时候反而特别聪明，问道："你们结婚为啥要检查我的身体啊？"我知道父亲害怕接受那个结果，也做了无数的思想工作，但都无济于事，逃避往往是解决问题最低成本的方式。虽然抗拒体检，但父亲每半年准时去血站献血，我从柜子里翻出他的献血证时，上面密密麻麻盖了很多章。他总说："血是健康的就说明人也健康，身体啊就不打紧。"其实那时候的我不觉得他身体机能有太大的问题，单纯觉得他可能要老年痴呆了，再加上我家隔壁的大伯五十六岁已经痴呆了，天天把头钻到他家门缝里唱红歌，我更害怕了，心里在想这东西不会还能隔墙传染吧？父亲走后第二年，住在我家前头的阿婆也痴呆了，我想要是父亲多活几年，也八九不离十了。

时机很重要，哪怕提前个二十分钟结果也许就不一样。我在父亲的微信里看到出事那天早晨九点五十三分发的一条信息，内容是："林医生，你今天上班吗？我觉得心很不苏服（舒服），下午去医院找你看看。"收件人是县医院的一名外科医生，我舅母的妹夫。发这条信息时父亲正在单位上班，据同事的转述，彼时的父亲已经脸色苍白，嘴唇发紫，办公室的人都劝他赶紧去医院，他说他手头的工作还没做完。这和我儿时那个经常早退回家做饭的父亲形象有着太大的偏差。后来林医生来家时满是遗憾："早知道当时就该让他马上过来，我也能帮他协调一下心内科那边的医生。"

那天下午他没有直接去医院，为了去单位先打个卡，倒在了离单位一百多米的马路上，连人带着那辆我从小学骑到高中的破自行车一起倒下了。周边的行人吓得一哄而散，接着又聚到一起，隔了两分零一秒，有个女士拿起了电话。这些画面是隔了七个月后母亲发给我的一段天眼监控的内容，那时母亲正在就"父亲的死是否判定为工伤"

调查取证。这是父亲在世时最后的瞬间，后来我一直保存在电脑的某个加密文件夹里，换电脑时我第一时间就把那个视频文件复制了过去，但这么多年我从不敢再次点开。

要不是回家的那班车绕了好多路去接客人，兴许我能跟父亲见上最后一面。接到母亲电话时，我正在公司上班，母亲说："仔，你能不能请假回来一趟，你爸生病了，你得回来跟我轮流照顾一下。"语气轻描淡写，那时的母亲应该做了很多次的情绪平复才能说出这些话吧。电话这头的我有些慌张，母亲从来没有因为什么事情特地让我回去一趟，我有些不安地问道："是什么病啊？"母亲答："不是什么大病，你回来直接来医院，别紧张别紧张。"

跟公司请完假回到出租房里，我简单地打包了几件衣服，背上书包等车来。从厦门到我老家平和有八十多公里，坐大巴需要三个多小时，更快的就是和三四个人拼车，最快的还是包车。老天爷一定在跟我开玩笑，那天能调度的车辆不多，包车要等的时间比拼车更久，没啥办法，只能拼车。但老天爷的玩笑并没有罢休，那天一起拼车的三个人有在厦门岛的最边缘的，有在厦门漳州交界处的，他们的终点分别在我们县的西边和南边三个镇上，甚至还有个人是在半山腰上。我第一个上的车，最后一个下的车，前后花了四个小时二十二分钟。

我在车上接到了无数个电话，从我阿舅问"到哪了"，再到一个小时候一起玩过的表姐特地加了我的微信问我"几时能到"，我才意识到这件事情不对劲。我坐在副驾驶，束手无策，我不能下车奔跑，我不能让司机加速，我不能让车上其他人先到我家，我发不出任何声音，车窗外的风景不断清晰又虚焦，虚焦又清晰。第三个客人下车时我收到了小姨发来的信息：你爸情况不太好，要做好心理准备。隔了七分钟，母亲来电话："无代志了仔……无代志……你让司机直接送你到家，回去洗洗再来医院。"我在车上突然号啕大哭了起来，司机也许被吓住了，啥也没问，把油门踩到底。老头……你说你怎么不能再坚持坚持？

车开到我们家巷子口时，看到所有的亲戚都站成一排，那一刻我突然不敢下车，不敢迎接那份离别。救护车从马路对面的巷子里穿过，父亲在我面前被抬了出来，他的左手臂还挂着点滴。大姑还笑着让救护车司机慢走，转身跟担架上的父亲说："生啊，我们回家咯……你仔佳鑫也回来咯。"恍惚间我以为父亲还活着，心里有些雀跃，但不敢确定也不敢询问，我躲在人群中看着父亲一步一步被抬回家。到家后大姑喊我去握握父亲的手，僵硬、冰凉的感觉穿过我的手臂，不断蔓延到我的身体里，我和父亲至少有十年没有过这样的肢体触碰。

老头坚持了。母亲说父亲晚上七点五十八分从抢救的手术室里出来，挂着呼吸机奄奄一息，晚上八点二十九分在病房里离开人世。母亲说他一直把头微微侧着，他在等儿子出现，他尽力了。医院离我家有三公里多，林医生让医院救护车司机帮忙把我爸载回家，吊瓶不过是恍人的，因为救护车不允许接死人，该活还是得活。

父亲躺在冰棺里，燥热的八月，死气沉沉，冰棺的电机声在空荡荡的客厅里嗡嗡作响。沿着客厅纱窗望过去是一条长长的巷子，蔡姨家前几日为女儿出嫁铺的红毯还没收起来，看起来很是喜庆。客厅的桌椅等家具都被搬到院子里头，院子里有块透明的遮阳布，因为是丧事，管事的说得重新换个全黑的。尺寸买得有点大，越过了一点邻居家的地盘，邻居看到了，急忙冲过来委婉说道："这布能不能剪一下，我们家不用盖。"每天从早到晚都是来来往往的亲戚、朋友、同事，流程大差不差。我作为唯一披麻戴孝的儿子，领着客人去客厅先拜拜我爸，再烧点纸钱，遇到情绪比较激动、痛哭流涕跪在地上的人还得陪哭，短则几声，长则数分钟，客人起身擦干眼泪就去院子里喝茶了。我就像个空水瓶，机械地重复着。

很难说生死这回事是不是有提前给当事人通气，远房的表姨夫来吊唁时把我妈喊到了厨房，说父亲临走前个把月去他家闲坐，嘀咕着自己借给亲阿弟的六千块钱都没还，你表姐都不知道这事。表姨夫说当时听了还觉得莫名其妙，是你弟欠钱，和他说这个有什么用？现在想来父亲是把话先放在他这了。那天晚上母亲把我阿叔叫到客厅，问是不是有这事，阿叔支支吾吾地承认了。母亲问道："那有还了吗？"阿叔低头思考片刻答："我记得有还了一些……"母亲继续发问:"确定吗?我会查钱的记录哦,你当着你哥的面再想想。"这话一出,阿叔不装了,说:"没还。"母亲突然语调抬高:"那你跟你哥说,你会不会还。"阿叔明显被吓住了,看着笔直的父亲,颤着声说:"我会还钱的,哥。""不还,你哥可看着,带你走……"在死亡面前威胁死亡更加强而有力。

父亲的一生能够这样聚齐所有好友旧识,只有两次,一次是婚礼,另一次就是葬礼。跟你干杯,或是为你干了这一杯。父亲这一生可以说是泡在酒里的,因为酗酒,干过不少荒唐事。在别人家喝大了要去厕所,结果闯进主人的卧室,女主人躺在床上吓了一跳,拿起桌边的化妆盒就往父亲身上砸,晚节是保住了,母亲也知道了,两人在家吵得底朝天。这件事被母亲记了好多年,一直记到父亲再次喝多摔在了田沟里。年纪越大,喝多了能干出来的事就越离谱。那天父亲去到其他镇上喝喜酒,电话一直没接,直到夜里两点多母亲听到摩托车声在家门口渐停,隔壁屋的门开了又关上,知道父亲回家便放下心来。第二天早晨六点多，母亲电话响了，那头的父亲弱弱地喊着："水……要喝水……"母亲意识到哪里不对，从床上跳下冲到了隔壁屋。我屁颠屁颠跟在母亲后头，床上的父亲吓得我躲到了母亲后头，只见他整张脸血肉模糊，眼旁的肌肉已经凹进去一大块，周围血丝都干了，很像开了好几辆小汽车在天坑旁玩了个漂移。他的POLO衫和西裤都沾满了泥，日记里都可以这样写："今天我的爸爸很有田野的气息。"后来父亲复述事情经过，更让我直呼牛气。他说自己喝完喜酒踩着油门，横冲直撞，没有多久，直接开进了田里。田边的木枝扎进了他的脸庞，痛感和热腾腾的血腥味让他瞬间清醒许多，但是动弹不得，索性伴着痛感就地睡了一觉，醒来之后继续开着他那辆嘉陵摩托车往家赶。得亏午夜乡镇路上的人很少，不然看着一个满脸是血的男人不得吓得也摔进田沟里？！

男人每次信誓旦旦说的"下次不会了"一定是句屁话，如果真不会了，那必然是付出了很沉重的代价。父亲的代价出现在我读初三那年，一样去喝喜酒，一样骑着摩托车，这次直接逆行，撞上了迎面而来的另一辆摩托车。

对面摩托车上坐着一对六十岁出头的老夫妇，妻子轻微脑震荡，丈夫直接双腿骨折。母亲赶到医院，同样脑震荡的父亲坐在走廊的长椅上沉默不语，低头逃避。接着家里就热闹了，三天两头就有老夫妇的亲人登门拜访，直系的、旁系的，每次都搞大阵仗，过来也不和你掰扯，就是来坐坐，父母觍着脸又是端茶又是管饭。后来他们家属要价十万，再后来父亲不知从哪打听到老夫妇是爷爷外甥的表亲的堂弟，也就是父亲的表哥的表亲的弟弟，世界真小，什么关系最后都能用上。父亲联系到了这个表哥从中调和，赔偿金才从十万降到了八万，但那时候家中积蓄也才五六万块钱，掏空了都还得向别人借。母亲心寒，下定决心再也不管了，这个男人要杀要剐任他去，这个婚是离定了。父亲使出他们单位处分那一套，乖乖低头认错，写封长篇检讨，发誓再也不喝了。因为发誓太多了，他特地强调以后喝一次酒就交一次罚金给母亲，边忏悔边跪下，这种双杀硬是让本就心软的母亲招架不住，我透过他们房间的门缝目睹了一切。见母亲有些松动，父亲步步逼近，问她："能不能和你那在厦门的光弟借一些钱？"这么多年父亲愣是没改掉喝酒的习惯，但是从那件事之后他也少喝了，也喝少了。母亲常说我们家被酒害得好惨，她这辈子恨死酒了，嘱咐我长大了出社会可不能喝酒。我也信誓旦旦地说我不会碰这东西，然而现在的我也开始三不五时就喝几杯，男人的话果然不能信。

天黑起风，院子里凉快许多，大家都在泡茶聊天。我突然看到母亲搬了把椅子坐在客厅里，两眼无神，黑眼圈盖住了眼角的皱纹，就这样盯着躺着的父亲看。父亲去世三天了，我没有见到母亲哭过，她在屋里屋外忙前忙后，没有停过，但是这一刻突然定在那里，动也不动。我进到客厅试探道："阿妈。"母亲被我的说话声惊到了，拿起手机解锁屏幕，佯装在看手机。我压低了音调："在那做什么，要不要喝点茶，来院子里坐。""厚[1]，你快去，我在这歇会儿，不用管我。"她小心翼翼地答道，这几日我和母亲反而没咋交流，我知道只要单独相处，我俩都不能控制

---

1 厚：闽南语，好。

住情绪，又或者都在控制情绪。

我没有再去叨扰她，悄悄把客厅的门掩上，退到院子里，嘱咐其他人别去叫她。我知道她此刻在和父亲道别，刚刚做法事的道士来家里一趟，在对明天父亲的出殡事宜，道士特别向母亲强调明天亡夫入棺出殡，她给父亲穿好鞋和寿衣后就上楼待着，不能再参加后面的环节了，这样才能"阴阳两隔，入土为安"。夫妻二十多年，鸡零狗碎，这是最后一次共处一屋了。看吧，看吧，以后看不着了。

农村的出殡仪式总是特别隆重，有丧葬乐队，有扮孝唱哭戏的歌仔戏演员，还有一批厨房班子在煮中午要吃的卤面。一个人死了，就会活得非常体面。我阿舅的女儿、我的表妹，从小在厦门长大，第一次参加农村葬礼，那声唢呐响起时，她放大了瞳孔，我站在她的正对面刚好和她对视，差点因为她的反应笑了出来，还好忍住了。号角之后，父亲单位的领导先上来念了一段悼词，白纸黑字，简短官方，但领导念得字字铿锵。接着就是所有的亲戚朋友轮番跪拜，再然后唱戏的旦角上来开始了冗长的哭孝戏，她趴在棺材上哭，躺在地上哭，哭得有力，我感觉她的悲伤已经超过了我。跟她比起来，所有人都显得很不会哭，这钱花得真值。最后所有到来的人排成一个队伍，在路旁目送灵车离开。我在车上看到了许多父亲的同事和朋友，父亲在的时候经常会来家坐坐。父亲是做畜牧的，有时候他们也会让父亲帮忙拿些养殖产品。每年春节常有人会提着年货串门拜年，为了不落口舌，父亲会用其他人拿来的年货作为回礼。这些面孔随着父亲的离开再也没有见到过了，人走茶是一下子凉的啊。

父亲火化之后，大家从殡仪馆出来就各自离开了。我本打算隔天就回厦门上班，但母亲的举动让我改变了计划。回到家后，院子的桌椅挪回了客厅，整栋房子除了少了个人，其他跟几天之前好像没啥不一样。那天母亲早早就说要睡了，经历了几天心理和生理的双重打击，想必早已筋疲力尽。待我上楼回房间时，看到母亲房间的门敞开着，二楼两个房间和走廊的灯都亮着，母亲躺在床边发出细微的呼吸声，看样子是睡着了。母亲睡觉特别浅，向来都是关着灯、拉着窗帘。我以为是太累了的缘故，忘了关灯，便轻声潜到母亲房间里关掉灯。正准备关上门时，母亲的声音在黑暗里响起："把灯打开……别关……仔，我……"话音渐渐淡出，紧接着是一阵啜泣："我啊……我会怕……你阿爸又不在。"我来不及开灯，跑过去环抱住母亲，我抹了一下自己的泪花，拍了拍她后背说道："阿妈，你别怕，还有我啊……"母亲的啜泣变成了呜咽，再慢慢镇定下来了。黑暗之中我们就这样安静地待了会儿，我知道她也在克制着自己。那天晚上我睡在母亲的房间里，自从中学之后，我们娘儿俩好久没有这样陪着彼此了。枕头和床单都洗过了，却还能隐隐约约闻到父亲身上的烟草味，我们在这个夜晚共同失去了一部分。

"你爸走了，你干脆把厦门的工作辞掉回来陪你阿母度过晚年，不然你阿母一个人，要怎么生活哦？"这是父亲丧事那几天听到最多的劝告，我本不以为意，直到昨晚母亲这一出，我突然陷入两难。吃午饭时母亲大概看出了我的心思，突然道："我啊，工作上好多事要做，这个月业绩还没达标。你也快点回厦门，安心上班，别管我啦。"

临了又补了句:"新房装修过两个月就能搬了,你有啥不要的东西整理下,我到时候好扔掉啦。"

母亲七年前想买新城区在建的商品房,父亲坚决不同意:"有的住就行,为什么要花那钱?要买你自己买,我是不会去住的。"母亲也硬气,直接付了首付,开始了按揭还贷的生活。按理说我们一家三口隔个一年就应该住进去了,奈何开发商跑路,工程烂尾,投诉无门,这件事正中了父亲下怀,母亲被挖苦了很久。直到2018年有新的开发商接手工程才得以延续,交房那天,我们一家三口到新房子验收,父亲板着脸挑七拣八,"一个厕所太不方便了吧""厨房这么小怎么做菜啊",总之就是对母亲买房这个行为还有很深的怨气,最后父亲丢下一句"咱俩就分居,你住这快活,我还住那"。两人在新房里不欢而散。父亲一语成谶,那是他第一次也是最后一次出现在新房里。父亲丧事那几天,阿婶来家里闲嘴道:"那房子风水要请人去看看,怎么刚交房阿兄就过世,会克人的哦。"我听完非常愤怒,顾不上什么礼貌,用力拍下桌子应道:"阿婶,屎可以乱吃,话不能乱说,你们家没钱买房不要这么眼红哦，你住的房子还是我阿爸的宅基地呢，我可以让你滚的。"阿婶听完气急败坏。

"你这样我怎么放心，你听我安排，这几天斗阵找找哪里有房子租，租下来一直到新房装修完直接搬过去，行不？"我同母亲说道，母亲犹豫片刻，答应了，那一刻我知道这个家需要我来做主了。最后母亲在上班的附近找了个小单间住了两个多月，直到新房装修完。那两个多月我还回过一趟家，冰箱不像以前塞得满满当当，只有前天吃的空心菜和排骨汤。她知道我要回来，特地去菜场买了好多菜，有肉有鱼，戴着新买的老花镜跟着视频上的教程做得有模有样。之前的厨房是父亲的天地，母亲曾说："你阿爸啥都不好，唯独就做饭这块没得说，从我嫁过来就没咋下过厨房。"这点我确实看在眼里，我从小耳濡目染，觉得家里就该男人掌厨。有一次父母吵完架闹着要分家，一连几天两个人各煮各的，痛苦的是我，为了"端水"，我一顿得吃两餐，实话实说，还是父亲做得更有味道一点。不过大男子主义极其严重的人做饭也有缺点，比如这道菜怎么做，要怎么搭配饮食，父亲都做主得死死的，但凡母亲或者我挑毛病,他的脾气就上来了。他做饭不喜欢用味精,他说味精吃多了容易得大脖子病,于是我们家十几年没有吃过味精,但那菜盘子里油量已经漫过了菜量,他从来不觉得那是不好的。父亲走后,我最想念的就是他做的猪腰猪肝汤,不知道他是怎么把调料配得那么恰到好处,无论我在外面怎么尝试,甚至母亲模仿着做,都没那个滋味。现在的厨房是母亲新的开始,也是老去的开始。

搬家那几天正值公司年末最忙的时候,我没能回去,便让母亲在县城里找个搬家公司更省劲,她非不听,一个人用摩托车来来回回运了两三天。我跟母亲说父亲的那件皮夹克记得也拿过去,入棺那天父亲的衣服本来都要烧掉,我跟母亲商量说留下来一件吧,也有个念想。那件皮夹克是我出来工作后用第一笔工资给父亲买的,父亲没咋穿,看起来就跟新的一样。

搬完家本该立马张罗乔迁宴,但因为我们家处于丧葬之年,得等过完年才能操办。有时候还挺感谢过年,总感觉过完大年啥事都能好起来,生活也能辞旧迎新。2020年年初,公司开始居家办公,我也比往年提前回家过年。

新家装修得特别亮堂,一层只有三户人家,我们家小户型夹在了中间,隔壁进出都得经过我家门口,母亲碎碎念道:"你没回来,我门都不敢开,免得人家往里一瞧,咋就只住了个老查某[1],再细想,就知道我啊,是个守寡的。"她是笑着说这些话,但我听得很是心酸。大年三十那天,母亲从早上就开始在厨房里各种备菜,得赶上下午日落之前祭拜祖宗。母亲说:"这过年就是麻烦,各种拜拜,越拜祖宗越多,你阿爸去年还在拜呢,今年就成被拜的了。"我没回她,她看向我,我俯下头假装玩手机,她边说着边走向厨房:"你再不成家,以后过年就只有咱娘儿俩啦。"

在闽南,平日三不五时就要拜拜,一到过年,基本每天不是拜祖宗就是拜神仙。我以前最喜欢大年初六这天,父亲会载着我和母亲去文峰镇拜祖师公。文峰镇是父亲的祖籍地,我在这个镇上读到小学四年级才转学去县城,大姑、二姑、阿叔,几乎所有亲戚都生活在这儿。每年大年

---

[1] 查某:闽南语,女人。

初六，父母去祖师庙里都要先拜拜再求签再解签，这些时间我总能在镇上肆意串门，这家玩玩那家玩玩，好不自在。自从上了大学，这个三人团体我就退出了，再次回归时，只有我和母亲了。跟着母亲拜拜之后，我说："阿妈，你去求签，我在门口石座那边等你。"说着我就往外走，母亲喊住我："我也都好了，不求了，走吧。"我有些不解，便问："怎么不求了？你每年不都要求吗？"母亲回道："哪有那么多为什么，拜拜就好啦，自己的命要靠自己活。"我一下子读懂了母亲的心思，往年求完签就得去找解签人，解签人会根据每个家庭成员的签数和你说每个人的运势，如若运势不好，只要在某些日子去拜拜某位神仙或者在某些日子不出门便可转危为安，一年平安。母亲每年都会按要求照做，只可惜去年没能留住父亲。

友人建议我给父亲做个"通灵"，兴许母亲能稍微放下一些心。听友人说，他结拜兄弟很多年前因为胃癌早逝，父母悲痛欲绝，非常难以接受，大概办完后事以后隔了几个月，通过乡亲了解到十几公里外的山里有个"上灵师傅"，全家人就一同前往。一家人刚到上灵师傅面前，简单对话之后，师傅就开始了仪式。后来在他嘴里喊出了每个家庭成员的称谓，阿爸、阿妈、阿弟……这些都是在之前不曾沟通过，男孩母亲泪水涟涟。接着那张嘴继续说道："我知道你们很难过，但我在这过得很好，自己买菜做饭，你们要振作，勿挂念，要是你们愿意，就再生一个替我尽尽孝。"我听完好不动容，眼前浮现了一座桥，一座连接生与死的桥，桥那头的人让桥这头的人活着更笃定。我不了解这故事的真实性有几分，但是倘若能够从师傅嘴里得到慰藉，对母亲未尝不是件好事。我和母亲说了以后，母亲并没有与我对视，手切着大葱也没有停下来，伴着案板的声音，淡淡地回了句："人吼，走啦就是走啦，就不要再去打扰啦。"

这么些年，我只梦到过父亲一次，梦里他载着阿嬷去找我外公喝大酒，我问你咋没有和阿公喝啊，他说和我阿公合不来。梦里醒来，我松了口气，他们好像真的在那里过得好好的。

2003年阿嬷在睡梦中离世，把时间轴往后一拉，才

发现像阿嬷这样没病没痛的死亡才是人最好的终点。阿嬷是旧时代的童养媳，没读过书，不识字，我小时候最有成就感的事就是拿着声母韵母表教她读。阿公一直不太看得起阿嬷，两人没啥感情，同一屋檐下几乎零交流。阿嬷离世的消息还是阿公打电话通知四个儿女的，父亲接到电话以为是两人又吵架了，这个招数阿公用了不止一次，但电话那头阿公语气低沉顿了顿："是真的……真的断气了。"我们全家赶到老厝时，阿公瘫坐在椅子上，没有了神气。我大姑哭到晕过去，我啥也不懂，跑到前厅大喊："大姑也死了……大姑也死了。"煤灶上铁锅里的水还是温热的，那是老太太半夜起来烧的，最后留在世上的温度。兜里还有张碎纸片，上面歪七扭八写着几个数字，每个数字五毛钱，也不知道阿嬷什么时候学会玩彩票的。听大人们说，老太太年初偷偷去找算命的算了一卦，算命的也毫无保留："可能活不过今年啦。"不知道她会不会因为这事有了很深的思想压力。那一年，父亲和他的母亲失联了。

2004 年，外公肺癌晚期，抽了一辈子的烟带着他的魂飘走了。外公天性乐观，哪怕是临走前一个月只能靠着丹田气往外发出说话声,他都还卧在床榻上安慰儿孙:"没啥代志,性命都有定数,时候到了就该走咯,就是苦了你们阿娘。"然后他又以小家庭为单位,一家一家喊上前再嘱托点什么,他和我父亲道:"孩子还这么小,不要天天喝酒咯,我阿华嫁到你家,吃了很多苦啊,以后回娘家就没爹疼咯。"站在我身旁的母亲眼眶泛红,身子在颤抖。二十年过去了,年迈的外嬷住在养老院,走起路颤颤巍巍,时不时就打电话给母亲嚷嚷着:"我要回家,我要回两个儿子家,我不想在这里……我也吃不了多久饭了,你阿爹在那头等着我。"我的母亲和她的母亲走在同一条路上。

2006年春天,阿公突然下肢无力,父亲和阿叔带着他到县医院检查,说是中风,打了点滴开了点药就回家了。然而病情急转直下,阿公开始频繁头晕、抽搐,甚至失去意识,送到市医院检查,医生看着四个儿女,说:"怎么现在才来,脑血栓已经非常严重了。"从入院到离世,也就不到四十天。阿公和父亲一辈子不对付,临走前一天是父亲陪床。母亲早晨叫醒我时,我还特别天真地问道:"我阿公是被我阿爸害死的吗?"母亲拍了拍我说:"黑白共[1]。"阿公在抽屉里留了遗嘱,把身上八千多块钱都给阿叔,希望阿叔可以用这钱把老厝重新修缮一番,由大姑二姑监督,对父亲,遗嘱上没有任何交代。这么些年,老厝还是破败的模样。那一年也是县里面火葬政策实施第一年,一山万冢的时代过去了。阿公出殡那天,父亲没流什么眼泪,阿婶在棺材前又哭又跳又是拿头撞的,母亲就在旁边默默哭着,外人如何评判,也是外人的事。那一年,父亲和他的父亲失联了。

如今我与他们只能一年一见,每次去领骨灰盒时,工作人员会喊"×××(父亲的全名)的家属",我内心还会有些波动。清明节前一天我会跟着母亲去平安铺上买好多"纸钱""金条""元宝",还买了"西装""旗袍",想让他们在那里过得幸福还能穿得好看……我还想和他们说好多话,告诉他们,我啊,工作很顺利,有很多人知道我,天公有保庇,憨人有憨命……到了坟前、骨灰盒前,

---

[1] 黑白共:闽南语,指黑白不分,胡说八道。

我给他们卷了根烟,点上火,开了瓶酒,想要开口,又把话咽回肚里去。我们每个人终将会和世界失联。

母亲与父亲单位的官司来回打了一年多,最后还是以"死亡发生在上下班途中的意外猝死,并非交通事故"为由认定为非工伤。这个案例后来还被市里面某大学法学系作为经典案例在课上分析,老头也算最后一次发挥余热。父亲的手机号码母亲一直没舍得注销,从前铃声频响的手机现在和人一样默不作声。父亲的微信上还保留着两条发给我的文字信息,时间是临走前一个月,上面写着"儿子,在干吗""老爸想你咯……你啥时候回来给爸看看",我的回复是"怎么突然这么肉麻""那我这周就回去"。

2023年年初,新冠肺炎疫情过后正赶上过年,大家开始报复性地走亲访友。我跟母亲开玩笑道:"得亏阿爸走得早,不然赶上这三年,你让他待在家不得把他憋死。"正月里有天中午,父亲的手机响了,那头说道:"老张啊,怎么这么久没消息了,过年好啊,有空来家里泡茶啊。"

后记

人生从出生那一刻起,就是不断与世界交手的过程。

上高三时,有一次早读课,我和班长站在教室门外,读着读着,班长突然问我:"你有想过大学毕业后要干什么吗?"我脱口而出:"我想写书,在深山老林中建一座小木屋,当个作家。"现在虽然没有找到合适的深山老林,但写书的愿望暂且达成了。想当作家的理由也很简单,只是为了逃避职场,逃避人群,逃避审视。在我的自我认知里,未来的路不好走。不想因为身体原因遭受更多的议论和嘲笑,是当时最直接的想法。没想到多年后的今天,我在做一个审视感极强的工作。

下笔之前，我一直觉得这本书的基调应该是温暖阳光的，就如同我在脱口秀节目里的形象一样。写完却发现完全不是，我的文字里充满了锋利感，连我很多年的朋友看完都说："原来我们从来没有好好认识过。"我也是第一次认识自己。不断地撰写，不断地回忆过往的片段，有时候我发现并不是我在发展书里的人物，而是那些人牵着我走，这是一种很奇妙的感觉。书里的我不是公众印象中的我，是过往的人和事造就的我，但两个我都是真的我。

我是闽南人，闽南的县城分为两块，一边靠海，一边靠山，我是属于靠山的。尽管都是秉承"爱拼才会赢"的价值观，但两边人还是有别。靠山的人更愿意生活得很实、更稳健，靠海的人更加激荡、豁达、爱冒险。就连掌管山与海的神明也不相同。我的成长弧线就是从山走到海的过程，前二十年我都长在山里，后面十年我活在海边。它们并不是相斥的，但带来的阶段性感受是很不一样的。也许你读着读着就能发现，文字里既藏着山中的空灵，也散发着海边的潮咸。

"蜉蝣"几乎遍布全球，它是一种寿命极短的昆虫，在水底里经过数年的蜕皮，等到跃然水面便进入生命的倒计时，用一天完成精彩的一生。"蜉蝣直上"就是这一生最绚烂的时刻，"直上"看似在奋力地生长，却满是遗憾。

写书人是主观的，但我尽可能对每个故事都不妄加评判。这本书一共有八个篇章的故事，简单来说只有两条主线，关于人间，关于时间。

《和世界失联》讲述了父亲这辈子，那个带着无数缺点的闽南男人的一生。《田里的阿花》把镜头锁定在二姑身上，田地里长大的女人不服输、不认命。《勇敢的人》献给我生命中的挚友，我经常觉得如果没有和这些朋友一起经历过风雨，就不可能有现在的我。小人物不是世界的主角，也不是绝对的好人，尽管活得小心拘谨，却还是不经意间让生活吹起阵阵风沙。整本书写作之初，《实在闽南》就出现在我的构想中，宗亲、祠堂、神明、阶级，闽南文化里的一环又一环都影响着世世代代原住民对世界、对生活的理解，地缘与成长，水土与观念，这是闽南人的务实与浪漫。

我从小在政府大院长大，回过头看，幼童时期所接触到的事物便已在权力体系的运转中,权力的"颜色"不是非黑即白,每个时代对个体的判断也应该是这样。《蜉蝣》与《散场之后》是展示我居住环境和工作的变化,从小房子到一个较大的房子,从小舞台到大舞台,追梦的年纪总伴随着很多的问题,时间会给出答案,但时间不会给出完整的答案。《摇摇晃晃》讲述我成长的光阴,躯体摇摇晃晃,人生摇摇晃晃。

　　人终究不是蜉蝣,我们却在用大半辈子追逐蜉蝣的那一天。

　　相比写段子,写书是一件很畅快的事情,不需要为了逗笑读者硬加梗,故事里的情节都是水到渠成。在整个撰写的过程中,我总是会陷入那些痛苦、困惑,抑或绝望的时刻,但与之相伴随的还有希望。诚实不设防地面对自我,这可能就是写作的魅力。

　　在整本书初稿都整理完提交之后,我的生活又发生了很多新的情节,心中也有了新的感受。比如,母亲前段时间骑摩托车摔倒骨折,只能卧躺在床,因为演出计划都是提前一两个月落定的,我只能趁着中间空出来的两天回家安顿，这是父亲离世之后，我第一次对责任感有了深刻的理解。阿花让我劝母亲去她家暂住一段时间，萍说她可以带一日三餐去我家里，但是母亲谁都不想麻烦，她想待在自己家里。我走的时候给家里的灶王爷上了香，请他保佑母亲早点康复，不要那么痛。那天晚上我回到厦门，就在浴室里滑倒，右侧脑袋重重地砸在地上，淌了一摊血。当时的第一反应竟是《实在闽南》里提到的守恒定律，我在想，我这么痛，母亲会不会好一点？到急诊缝了五针，和《摇摇晃晃》里幼年左侧脑袋摔的伤疤缝的是一样针数，只是身旁少了青年母亲的哭泣声，少了青年父亲的责备声，当年与父亲一同责备母亲的大姑，此时也正在我家接替我照顾母亲。她们都老了。日子是流动的。

我的编辑让我找一些名人来写书籍推荐，可我羞于去和别人开这样的口，我怕第一本书担不起很重的推荐，不过为了让更多人看到，我还是厚着脸皮试了试，感谢贾行家老师、呼兰哥、鸟鸟，感谢我的编辑悦慈。我不知道这本书出版之后反响是好是坏，但我自己觉得我的能力还是有让这本书到达一个理想的位置。希望你能喜欢，不喜欢也没关系。愿我们都能在摇摇晃晃的人生中找到属于自己的平衡。像蜉蝣一样，活着就好。

2025 年 3 月

【全书完】

蜉蝣直上

作者 _ 小佳

编辑 _ 刘悦慈　　装帧设计 _ 孙莹　　主管 _ 来佳音
技术编辑 _ 丁占旭　　责任印制 _ 刘淼　　出品人 _ 李静

营销团队 _ 杨喆　刘子祎　陈丹妮　　物料设计 _ 孙莹

鸣谢（排名不分先后）

来疯 Lucy　张一一

果麦
www.goldmye.com

以 微 小 的 力 量 推 动 文 明

图书在版编目（CIP）数据

蜉蝣直上 / 小佳著. -- 西安：太白文艺出版社，2025.7. -- ISBN 978-7-5513-3022-0

Ⅰ．I267

中国国家版本馆CIP数据核字第2025G0G266号

蜉蝣直上
FUYOU ZHISHANG

作　　者	小　佳
责任编辑	何音旋
特约编辑	刘悦慈
装帧设计	孙　莹
出版发行	太白文艺出版社
经　　销	新华书店
印　　刷	北京盛通印刷股份有限公司
开　　本	880mm×1230mm　1/32
字　　数	90千字
印　　张	7.25
版　　次	2025年7月第1版
印　　次	2025年7月第1次印刷
印　　数	1—15,000
书　　号	ISBN 978-7-5513-3022-0
定　　价	49.80元

版权所有 翻印必究
如有印装质量问题，可寄出版社印制部调换
联系电话：029-81206800
出版社地址：西安市曲江新区登高路1388号（邮编：710061）
营销中心电话：029-87277748　029-87217872